運命の歌（ラブソング）
～純愛なるΩへ～

CROSS NOVELS

秀 香穂里
NOVEL: Kaori Shu

のあ子
ILLUST: Noako

CONTENTS

CROSS NOVELS

CONTENTS

運命の歌（ラブソング）
～純愛なるΩへ～

六月の真夜中のぬるい風の中、ヴォン、と一度大きくふかしてからエンジンを切る。この瞬間が、三上誠はなによりも好きだった。身体に響くような重低音に、熱いエンジン。バイクは生き物だ。もう遅い時間だからバイクをふかすのは一度だけ。でもその音を聞きつけたのか、目の前の木造アパートの二階の部屋にぽつんと灯りがついたのが見えた。バイクにしっかりチェーンをかけてカバーで覆い、キーを抜いてアパートの側面に設えられた鉄製の階段を駆け上がる。三段目と四段目はとくにうるさく鳴るから飛ばして上がり、いちばん手前の部屋の扉を開けて、「ただいま」とそっと声をかけた。

「おかえり、誠。今日もお疲れさま」

「もう、起きてんなよ。寝てろつっただろ」

聞き慣れたやさしい声を耳にすると今日も一日無事に乗り切ったと芯からほっとするのに、素っ気ない態度しか取れない自分が憎い。もっと労りたいのに。

午前一時半、母の有希子は狭い六畳間の奥に布団を敷き、半身を起こしていた。もう外は夏の蒸し暑さが忍び寄っているのだが、病床にある有希子は一年中肌にやさしいガーゼ素材のパジャマを着ている。薄い灯りの下、ふんわりと赤みの差した有希子を見て、誠はバイト先のコンビニで廃棄処分寸前になっていたプリンを差し出した。

「もらってきた。食べられそうか？」

「うん。半分こしない？」

「だな。どうだ、身体の痛みは」

「今日はだいぶ落ち着いてるの。昼間は晴れていたせいかしらね。お薬も効いてるみたい」

柔和な笑顔で有希子は嬉しそうにそばに近づく誠に身を寄せる。とにかくヘルメットを棚に置き、革のライダースジャケットを脱いで壁にかけてラフな部屋着に着替え、母の隣に座った。

プリンは一個。とくに有希子と誠が好きなとろりとした味わいのブランドだ。コンビニでも大人気で、売れ残ることはまずないのだが、今日は奇跡的にひとつだけ残り、誠の苦しい身の上を知っている気のいい店長が弁当やら飲み物やらと一緒に持たせてくれたのだ。

プラスティックのスプーンを使って、ふたり交互に分け合って食べる。ふと思いついて、ひと匙すくって「あーんしてみろ」と母に言うと、有希子は可笑しそうに女の子みたいに照れて笑い、くちびるを開く。

「あーん。……美味しい。誠にもしてあげる」

「俺はいい」

「照れなくてもいいのに」

「照れてねえよ」

言いながら、狭い室内をそっと見回す。漆喰の壁、硬い床。六畳ひと間に猫の額のような台所、狭いながらもトイレとバスがべつべつについている。

　東京の下町、墨田区(すみだく)。いわゆる昔のボロアパートで、家賃はすこぶる安い。壁は薄いし、風の強い日なんか部屋ごと揺れる。隣室はカップルで、夜な夜なアンアン愛し合う声も聞こえるが、有希子と誠は笑って耳栓(みみせん)をして寝ている。ここに来て三か月ほどだが、慣れれば気にならなくなるものだ。

　有希子と並んで、ひとつのスプーンを使ってプリンを食べ合う。二十一歳の誠に、有希子は四十二歳。女らしくて人生これからなのに、三年前、突然全身に激痛を覚え、そのまま当時の職場であるスーパーのバックヤードで倒れ込んだ。すぐに救急車で病院に運ばれ、ありとあらゆる検査を受けた結果――「線維筋痛症(せんいきんつうしょう)」という聞き慣れない病名を誠が医師から聞いたのは、それから約三か月後のことだった。突然のことに有希子は休職を余儀なくされ、病室で痛みに泣いていた。身体の節々どころか、首筋、うなじ、腰、指先までも痛いと言う。リウマチとも疑われたのだが、痛みが広範囲に広がっていることや、検査結果でそうではないと判断され、最終的には大学病院の心療内科の医師も関わり、「重度のストレスや疲労から来る線維筋痛症と思われます」と言ったのだった。

　切った、殴られた、という痛みなら、誠にもわかる。誠は根元からアッシュブロンドに染め、ピアスもじゃらじゃらと着け、革製品をこよなく愛し、バイクを命とする根っからのヤンキーだ。

笑うと可愛いのに、と有希子にもよく言われるのだが、硬派たるものそうそう簡単に笑えない。細身だが百七十八センチあり、なにより威圧感がある。だから街をバイクで流しているときよく絡まれ、喧嘩になる。

喧嘩には自信があった。小学五年生の頃、びんぼうな家庭を意地悪くからかってきた男子をボコったときから負けなしだ。

誰ともつるまず、ひとりで行動する。守るのは母親の有希子だけ。若い頃、中堅製薬会社の社長に見初められて強引に愛人にさせられ、誠を身ごもってしあわせだったのは数年だけだ。すぐにべつの女に目を移した社長はとある事情が生まれた途端、いくばくかの金を有希子たちに渡し、囲っていた家から追い出した。

それから、苦労の日々が始まった。あまり丈夫ではない有希子だが、辛抱強く、自分にできることを精いっぱいやろうとスーパーでパートを始め、まだ小学生だった誠を懸命に育てた。社長の家にいた頃はふっくらしていてなんとも可愛かった母がみるみるうちに瘦せていく姿に、誠は毎日布団をかぶって泣いた。あまりにも、可哀想だったのだ。すると隣から細い腕が伸びてきて、温かくその胸に抱き締めてくれた。

『私が誠を守るから、大丈夫』

おまじないのように言う有希子にしがみつき、誠はいつか絶対に力をつけて、母を支えるのだと誓った。仕事はなんでもいい、少しでも多く稼げれば。そして、有希子の痛みを減らせれば。どこか気候のいい場所に引っ越せるぐらいの金が欲しい。

そう考えて、誠は必死に高校にも上がったがそこでも胸の裡（うち）に湧（わ）き上がる言い知れない感情——理不尽な人生、弱っていく母になにもできない自分、馬鹿なことで突っかかってくる先輩や同級生相手に怒りを覚えて喧嘩を繰り返し、とうとう自主退学に追い込まれて、バイトに次ぐバイト生活のいまに繋（つな）がっている。

現在働いているコンビニは大きい店舗で新しく、時給もいい。前にもコンビニ勤めをしていたから要領はわかっている。

「金髪かぁ」と店長は面接時に笑っていたが、コンビニは想像以上に重労働で、つねに人手不足だ。試用期間の初日で誠の素早い仕事ぶりを認めて本採用してくれ、朝から晩まで労働基準法すれすれのシフトを入れてくれている。

仲間はみんな、助け合って仕事をしている。誠のように事情があって長時間働く者もいれば、数時間だけ働いて学校に通う子もいるし、子育ての合間に頑張るシングルマザーもいる。

幼い頃から、弱い者を放っておけない誠は黙って仲間を助け、礼を言われても頷くぐらいだった。熱いこころは持っているが、それをどう表現したらいいのかわからない。有希子はよく手を握ってくれたり、大人になったいまでも抱き締めてくれたりするが、やはり照れくさい。

満足そうにプリンを食べ終えた有希子に、「風呂、入るか？」と訊いてみた。有希子の身体は冷えに弱い。とくに、こういう季節の変わり目に痛みが強く出るので、寝る前はほどよく体温を上げておいたほうがいいようだ。

「お願いしてもいい？」

「ああ」

風呂は昨日新しい湯を張ったばかりだ。有希子のために、今夜もやさしい香りのするラベンダーのオイルを数滴垂らす。もちろん男くさい自分にこんな洒落たものは思いつかない。かかりつけの病院の看護師から『入浴時の香りでずいぶんと気持ちが安らぎますよ』と教わったのだ。それから、時間があると女性がよく行くようなバラエティショップに勇気を出して入り、オレンジやカモミール、ミントにローズといったオイルも買った。

『プレゼントでお願いします』

そう言ったのはせめてもの見栄だ。安いオイルだが、有希子はことのほか喜んでくれた。今夜もラベンダーの香りが風呂場に満ちる頃、先に有希子に入ってもらう。有希子は恥ずかしそうにタオルで身体の前を隠し、温かな浴槽に浸かるとほっとひと息ついた。続いて誠もジーンズを脱いでボクサーパンツとTシャツ姿になり、風呂場に入る。

うしろ向きの薄い肩を、誠はそっと撫でて湯をかけた。

「気持ちいい……」

強張りを解すようにやさしく首筋を揉む。有希子はとくにそこが痛むようで、睡眠薬を使っても夜中に起き出し、たまにつらそうに首から肩を揉んでいる。だから隣で寝ている誠も起き、できるだけさすってやるようにしていた。

自分の手はごつくて骨っぽく、やさしさに欠けると思う。それでも、有希子はいま、気持ちよさそうに息を吐き、浴室の壁に頭をもたせかけていた。

「今日のお仕事、どうだった?」

「忙しかった。人気の三色弁当が途中で切れてさ、客に怒られた。いい年のおっさんなのによ、謝っても謝ってもうっせえからぶっ飛ばそうとしたらちょうど搬入があって、店長もほっとしてたよ」

「もう、あまり怒っちゃだめよ。きっとそのひと、すごくお腹が空いていたのよ」

「ただ怒鳴りたかっただけだと思うけどな。母さんは? なにしてた」

「今日はね、少し調子がよかったから、お昼にちょっとだけ散歩してあじさいを見てきたの。いまの時期、ほんとうに綺麗ね。お母さんね、真っ青のあじさいが好きなの。それからいつもの内職をして、ラジオを点けたら大好きな曲がかかってきて、嬉しかった」

この部屋には最低限の物しかない。台所には冷蔵庫と電子レンジ。ふたりぶんの少ない食器。

そして六畳間には折りたたみ式のちゃぶ台と座布団。有希子が好きな古い文庫本を収めたちいさな棚と押し入れ。そこには二組布団が入っているのだが、たいてい、一組は有希子のために敷きっぱなしだ。だから休みの日には自分の布団と取り替え、有希子の布団は干してふかふかにすることにしている。シーツや枕カバーは多めにそろえてあって、頻回に替えている。有希子に少しでも快適に過ごしてほしかった。

自分を産んで、大事に育ててきてくれた細い身体。その身体はいま、激痛に耐えている。

「……痛いか」

「いまは大丈夫。今日はゆっくり眠れそう。誠のおかげ」

「無理すんな。手、さする」

「誠も寝なきゃ」

「明日は遅番だから」

ぶっきらぼうに言って、まだ女性らしいしなやかさを残している有希子の手を取り、ゆっくりと撫でる。つらいときはとくに指先がびりびりと痺れるほどの激痛が走り、なにもできない。痛みに耐えて、耐えて、目の端に涙を滲ませる母親の姿を何度見てきただろう。そのたびに誠は絶望感と無力感に打ちのめされた。いくら頑丈な身体に生まれたからって、たったひとりの母のためになにもできない。痛みを取り除いてやることができない。自分が身代わりになれればいいのに。

「――ごめん、な。俺、……なにもできなくて」

ぽつりと言うと、有希子はびっくりしたように振り返り、うっすらと涙ぐんで笑う。

「私の手をこんなにやさしくさすってくれるの、誠だけ」

「こんなんだったらいくらでもするよ」

叶うなら、その身体ごと抱き締めて痛みを移してほしい。喧嘩、喧嘩の日々で鍛えてきた自分だったらどんな痛みにも耐えられる。

身体を芯から温めたことで、有希子の身体もだいぶ和らいだようだ。今度は先に誠が風呂場を出て、母に着替えてもらう。そしてそのあと自分が急いで湯を浴び、一日の汗をさっぱり洗い流してからすでに布団に入っている母の隣に布団を敷き身体をどさりと横たえた。

「おやすみなさい、誠。また、明日頑張ろうね」

「……ああ」

有希子が安心したようにすうと寝息を立てるまで、誠はじっとその横顔に見入っていた。やさしくて、愚痴ひとつ言わない有希子。福祉機関の支援を受けているが、まずしい日々だ。明日だってどうなるかわからない暮らしなのに、誠に文句のひとつもぶつけない。

せつなくて、やるせなくて――だけど、誠はタオルケットのそばから出した両手をぐっと握る。

俺が、母さんを守っていく。

俺だけが守れるんだ。

それだけが俺の生き甲斐なんだ。


誠の毎日は過酷だ。若干二十一歳の若さで店長候補を任されてしまうほどの仕事ぶりで、時給は上がったものの、苦しい生活は変わらない。

節約できるものはなんでもしている。食べ物は基本的に勤め先のコンビニから分けてもらい、服もめったに買わない。かつて、とても尊敬していたひとから譲り受けた服を誠は大切に着ていた。

唯一の宝物は、バイクだ。

大型のハーレーダビッドソンは無骨で、まるで昔のギャング映画に出てくるような代物だ。龍の髭のようににゅうっと突き出たハンドル、太いタイヤ。体重をかけキックペダルを蹴ってエンジンを始動させ走り出すとき、誠はつかの間なにからも解き放たれ、自由になる。

風に、なるのだ。流れていく風の中に溶け込むのだ。髪も肌もメットの中でふわりと浮き、骨張った身体すら風に蕩けていくような錯覚を覚える。堂々としたガソリンタンクを軽く両膝で挟み込み、手袋をはめた手でグリップを握り、風になる瞬間だけはすべてのことが忘れられた。汗水垂らして働いても三か月後の自分が想像できない不安定すぎる未来とか。コンビニにやってくるやたらうるさい客のこととか。些細なミスをよく覚えていてたまにぼやくちょっと面倒な店長とか。

だけど、母の有希子のことだけは絶対になにがあっても、どんなときも忘れない。今夜だってたまたまいつもより早めに上がれたバイト帰りにバイクを走らせ、いつもの首都高速道路に乗ったが、馴染みのパーキングエリアに寄ったら帰るつもりだ。そして有希子と話をし、一緒に眠る。自分のこころの痛みや不安はどうだっていい。どうにだってなる。とにかく、有希子の安心を最優先したいというのがいまの誠の最大の願いだ。

線維筋痛症、という聞き慣れない病気はまだあまりメジャーではないため、親身になって診察してくれる医師も限られている。有希子は毎月一度、誠が付き添って池袋（いけぶくろ）のちいさなクリニックを訪れる。そこには同じ線維筋痛症で悩むひとびとやメンタル面でつらい思いをしているひとが大勢詰めかける。中には杖をついているひとや、車椅子のひとも。

有希子のようにストレスが痛みの引き金になっている者もいれば、重い鬱（うつ）になる者もいて、穏やかな風貌をしたふたりきりの医師は辛抱強く患者の話を聞き、どこが痛いのか、いつ痛むのか、その原因を探ろうと毎回懸命になってくれた。その熱心さに誠はこころを打たれるのと同時に、この医師たちはいつ休んでいるのだろうと案じたぐらいだ。

そしてひと月分の薬を処方されてようやくクリニックの混雑を抜け出し、駅構内から繋がっている百貨店内にある有希子が大好きな甘味処で、ふたりして白玉あんみつを食べるのがたったひとつの贅沢だ。

昨日がちょうどその日で、昼過ぎののんびりした甘味処でしあわせそうに白玉あんみつを食べていた有希子を思い出しながら、誠は愛車をいつもの辰巳第一パーキングエリアへと寄せていった。このあたりは東京湾が近く、美しいマンションがいくつもそびえ立っている。もう深夜なのにマンションにはいくつも灯りが点いていて、いかにも裕福の象徴だ。

それを見るのが誠は好きだった。いまの暮らしがつらい反面、――いつか俺だってでかいことを成し遂げて母さんをしあわせにしてやるんだ、と奮い立つ。自分よりずっと大きなものを目にしたとき、恐れよりもファイティングスピリットが湧いてくるのが誠という男だ。

この辰巳第一パーキングエリアは、首都高を走る車のちょっとした休憩所だ。売店はなく、自動販売機とトイレだけ。なのにひっきりなしに車が入り、ひとも多い。週末になると、大渋滞になるのが常だ。

なぜならば、ここがある種の男たちの社交場になっているからだ。週末の二十三時頃、ここには続々と車やバイクが集まってくる。どれもこれも目を瞠るような高級車や新車、そして改造車。バイクも古い型から最新型まで集まってきて列を成し、オーナー同士で「ずいぶん手を入れてんだねぇ」「結構金食い虫だよ」というような会話が生まれる。そうなのだ、ここは車、バイク好きには知られた愛車のお披露目場なのだ。

無類のバイク好きである誠も、他のオーナーのバイクが見たくてよくここに立ち寄る。ハーレーのような大型バイクが愛されたのはひと昔前で、いまはもっとスタイリッシュなタイプが受けている。そもそも、単車に乗る者自体が少ない。今夜もパーキングエリアは車だらけで、バイクはほんの数台だ。

トイレに近いいちばん端にバイクを停め、息を吐きながらヘルメットのベルトを外してゆっくりとうつむくようにして脱ぎ去る。

その鋭く秀麗な相貌があらわになったとたん、周囲にいた男たちが一様に息を呑む気配が伝わってきた。誰も彼もが、誠の硬質な色香に吸い寄せられる。

だが、それをあっさりと切り捨て、誠はトイレに向かう。好奇の視線を浴びるのは昔からだ。

トイレの真ん前に、ド派手な外車が停まっていた。ドアが跳ね上げ式のランボルギーニ。イタリアの名車で、確か「LP750－4 スーパーヴェローチェ」だと思う。

こういう車に乗る奴がほんとうにいるのか。維持費を考えただけでげっそりする。

誰もいないトイレで用を足し、手を洗って、今度は自販機へと向かう。百二十円で缶コーヒーを買い、なにをするでもなくエリア内をぶらぶら歩くのが好きだ。

左手親指をバイカージーンズのループに引っかけ、右手で冷えた缶コーヒーを掴む。エリアの端まで行くとひとはおらず、そこから見える高層マンション群が織りなす夜景は独り占めだ。高い壁に沿って設えられた簡素なベンチに腰掛け、長い足をぶらぶらさせながらコーヒーをひと口。結構甘い。男なのだが、誠は案外甘いものが好きで、母との月一の白玉あんみつも内心楽しみにしていた。

今日の風はぬるく、革でできたライダースジャケットの内側がしっとりと汗ばんでくる。車と違って、生身の身体を晒して走るバイクに乗るときは、ライダースジャケットとしっかりした素材のバイカージーンズと右大腿にはヒートガードを身に着けるようにしていた。誤って転倒したことが一度あるのだが、打ち身や擦り傷がかなりひどくて閉口してから、けっして危ない真似はしていない。

——だって、俺には母さんがいる。

コーヒーを飲み終え、くちびるを結んだ誠はベンチから立ち上がって歩き出す。都会の夜は星も見えないが、休憩を終えて車道に戻っていく車のテールランプが綺麗だ。

缶コーヒーも飲みきった。好きなバイクの音も聞けたし、もう帰ろう。有希子が待っている。

ゴミ箱に缶を放り込んだ矢先、少し前方から笑い声が聞こえてきた。

「だっせ、んだよいまどきハーレーって。チョッパースタイルとかマジか」

「いまどき単車はねえだろ。どこの田舎モンだよ」

ゲラゲラ笑う声に顔を引き締め、早足になる。

案の定、誠のハーレーを数人の男が取り囲んでいた。

「おい」

「ああ？」

声をかけると、深紅の洒落たシャツを着た若い男が振り返った。隣には最新型のポルシェが停まっている。きっと、オーナーだろう。

「触るんじゃねえよ」

男のひとりがバイクのハンドルをからかうようにひねっているのを見て、かっと頭に血が上った。

「おまえのか。いまどきこんな古くさい単車転がしてどういうつもりだよ」

「一匹狼ってか。映画の観すぎじゃねえの？」

ハーレーの前タイヤを蹴って嘲笑(ちょうしょう)する男たちに肩を怒らせ、ぐっと睨(にら)み据えたときだった。

身体中から熱が発散する。それこそ、香り立つように。

その濃くて官能的な匂いは確実に男たちにも届いたようで、バカにしたような顔が一気に驚愕(きょうがく)に変わる。それから、ぼうっとしたような目つきへ。

「な、——なんなんだよ、おまえ……」

「まさか……」

まるで、強いドラッグでも嗅(か)がされたような顔で赤いシャツの男がうろたえつつもふらふらと近づいてくる。誠に吸い寄せられるように。見えない磁力で引きつけられるように。

その手がライダースジャケットの胸元にかかったとたん、誠は無表情で男の頬(ほほ)をあっさりと殴り飛ばしていた。たいしたことのないパンチなのだが、男はよろけて倒れ込み、啞然(あぜん)とした顔で見上げてくる。周囲の男たちも目を合わせ、どうしていいかわからない顔だ。だが、誰も誠から視線が外せないようで、しだいにぎらぎらとしてくる。

それは凶暴な喧嘩を売りつけたがっているというよりも、少しでも誠に触りたいという剝(む)き出しの欲望だ。

そういうことも計算済みだったから、誠は片っ端から近づいてくる男を殴り、蹴り飛ばし、呻(うめ)かせ、ついでにその腕を踏みつけた。

「——ぐ……っ！」

「まさか、おまえ、……たまにここに現れるっていう……」

「最強の、——オメガか……？」

「てめえたちはアルファか。やっぱりクズだな」

吐き捨てて誠はもう一度赤いシャツの男を殴ろうとした。愛車をバカにされることほど腹立たしいことはない。この世で大事なものはバイクと母。もうひとりほんとうに大事なひとがいたが、彼はもういない。

男が最後の抵抗を見せて誠の脛を摑もうとしてきたことで思いきり拳を振り上げたときだった。ぐいっとうしろから手首を摑まれ、「やめとけ」と低い声があたりに響く。その声に、男たちがはっとする。誠は無理やり拳をふるおうとしたのだが、強い力を手首に加えられていて敵わない。

ぎらりとした目つきで振り返ると、パーキングエリア内の照明を浴びて長身の男が立っていた。黒いシャツに真直伸びた足を包むジーンズ。黒のコンバース。大学生、だろうか。夜でも彼が逞しい肢体をしていることぐらいわかる。厚い胸板はほどよく盛り上がり、手も足もモデルのように長くすらりとしている。金髪の誠とは対照的に、彼は指通りのよさそうな黒髪だ。

しかし、なによりも誠の目を惹いたのはその整った顔つきだ。いくらか長めの前髪の合間から見える切れ長の目元に通った鼻筋が男らしい。厚めのくちびるがやけに色っぽくて、誠に笑いかけてくるところなんか余裕が窺える。

そして——彼も誠と目を合わせたとたん、顔を強張らせた。微笑んでいた口元が固まり、目を見開いて誠の表情、仕草ひとつ見落とすまいとしていた。

ごくり、と彼の喉が鳴る音が聞こえたぐらいあたりは静まり返っていた。

「おまえ……オメガ、だな」

「だったらなんだ」

言い返す誠の声もしだいに掠（かす）れていく。

手首を摑まれて振り向いた瞬間から、男に目を奪われていたのだ。言い換えると、彼が発する圧倒的な力、暴力的ともいえるほどのエネルギーに。

間違いなく、彼はアルファだ。しかも、超弩級（ちょうどきゅう）の。彼を囲んでいる他のアルファなんか数の内にも入らないほどの強い目力に呑み込まれ、誠はつかの間言葉を失していた。

——彼は、もしかしたら。

一瞬考えてとっさに頭を横に振る。違う、そうじゃない。突然の乱闘で頭に血が上っているだけだ。

「——放せ！」

思いきり手を振り払うと、男は一瞬油断していたのか、うしろに一歩下がった。しかしすぐに間合いを詰めてきて、「ちょっとこっちに来い」と肩をきつく摑んでくる。

「おい！　放せってんだろ！　なに勝手に触って……」

「おまえ、いま自分がどういう状態かわかってんのか。フェロモン垂れ流しだ」

「……ッ」

「このままじゃ犯されるぞ」

男の堂に入った声に誠は口を閉ざし、茫然とする輩たちに背を向ける。

「おまえら、ちょっと先に帰ってろ」

「でも裕貴……」

「いいから、な？　話はまた明日だ。はい解散解散」

誠の肩を抱きながら裕貴と呼ばれた男は手をひらひらと振り、静かなトイレ裏まで歩いていく。

そこで誠をどんと壁に押しつけ、正面に立ち塞がった。

「辰巳第一パーキングエリアにたまに現れる最強のオメガ——おまえのことか。名前は」

「どうでもいいだろ」

「おまえを救い出したんだぜ。名前ぐらい教えろよ」

薄く笑う男を睨む。

言われてみれば、確かにそうなのだが。しかし、「ありがとう」なんて言えるか。「すまねえ」なんてもってのほかだ。

「名前教えてくれたら放す」

どこか頼み込むような声がこころをほんの少し揺り動かす。尊大に現れて、世の中のなんでも手にしているような選ばれたアルファがこんな声を出すなんて。

「……誠」

「名字は?」

「三上」

「三上誠か。格好いい名前じゃないか。おまえにぴったりだ」

「そういうおまえはなんなんだよ」

「宮島(みやじま)裕貴だ。よろしくな」

裕貴が手を差し出してくるが、誠は鼻を鳴らして払いのける。握手を求めるなんて、やっぱりアルファだ。人間関係に恵まれ、なんの悩みもない人種がやることだ。

「じゃあな」

そのまま肩を押しのけて歩き去ろうとすると、裕貴が「おい」とうしろから再び手を掴んできた。

「誠、またここで会えるか。この時間帯に来れば会えるか?」

「知るかよ」

「教えろよ。おまえにまた会いたい。俺はたいてい金曜と土曜の夜に来る」

「知らねえって言ってんだろ」

なんでも自分の言うとおりになると思っているアルファなんかと深入りしたくない。硬い顔のまま、誠は裕貴の横を通りすぎる。ふわりと香るスパイシーな男らしいコロンが鼻孔をくすぐり、胸が痛む。深みがあって、ほんのり甘さもある。

まずしい自分にはこんな高貴な香り、一生無縁だ。

ただ深夜のパーキングエリアで出会って、一瞬を分け合った仲。それだけだ。

背中に張り付くような視線を感じながら誠は足早に愛車に近づき、ヘルメットを乱暴にかぶってキックペダルを踏み、エンジンを始動させてひらりと跨る。先ほどの男たちが遠巻きにこちらを見ている。皆、物欲しそうな顔を無防備に晒しているのがバカみたいだった。アルファのくせに。

目を転じると、裕貴がすっと手を上げていた。まるで、走り去る誠に挨拶でもするかのようだった。

誠はそれを綺麗に無視して、スタンドを蹴りアクセルを開いた。


「……ただいま」

そうっと扉を開けて室内に声をかけたが、返事はない。豆電球の下、母の有希子は穏やかな息を立てて横向けになって寝ていた。今夜は、痛み止めもよく効いて眠れているらしい。

ほっと息を吐いて誠は玄関でブーツを脱ぎ、静かにジャケットやヘルメットを脱ぐ。それからジーンズのジッパーに手を当てて目元を熱くし、なかばうろたえながら母と風呂場のほうを何度も見やり、――ごめん、と内心謝って狭い風呂場に駆け込んだ。すぐにジーンズを蹴り落とすと、勢いで下着もずれて、ぶるっと鋭角にしなった性器が飛び出る。

はぁ、と熱い息を漏らして片手で硬めの性器を握り、一気に擦りたいのを我慢してぬるい湯を浴びた。

辰巳第一パーキングエリアで裕貴に腕を摑まれたときから、身体がたまらなく疼いていた。『フェロモンが垂れ流しだ』と言われたとおり、いまの自分は危険すぎる。母に気づかれないように、ひとりここで始末しなければ。

誠の性器は硬く臍まで勃ち上がり、とろりとした透明なしずくを垂らしている。細めでも赤黒く染まり、見るからに卑猥だ。それを怖々と根元から摑み、正面の壁に取り付けられた曇った鏡に手をついて己を扱き始めた。

「……ッ、は……ぁ……っ」

目の前が急速に真っ赤になっていくほどの快感に呑み込まれそうだ。

裕貴は、いままでに見たどのアルファとも違っていた。彼の手から伝わってきた熱が身体中で暴れ回り、誠の下肢にまで届くようだ。

――まるで、あいつに握られているみてえだ。

バカなことを考え、先走りを使って、ぬるっ、ぬるっ、と擦り上げる。たまらなく気持ちいいし、声を出したい。でも、そんなことをしたら有希子が起きてしまう。だから必死に喘ぎを嚙み殺し、シャワーを頭からかぶりながら何度も何度も怒張したペニスを扱いてあっという間に絶頂へと達した。

「……っく……！」

ドン、と鏡を叩いた瞬間、身体が強く波打って、熱い精液が噴き出る。いまかいまかと待ちわびていたかのようにどくどくとこぼれ出る白濁に息を切らしたものの、衝動は収まる気配がない。そっと風呂場の扉を開けて室内の様子を窺う。静かだ。有希子は寝る前に強い痛み止めと睡眠薬を使うので、深く眠れているならそれに越したことはない。

用心深く風呂場の扉を閉め、今度は浴槽に浸かって両手でペニスを扱く。頭を後方にのけぞらせて壁にもたせかけ、狭い浴槽内でのオナニーは背徳感が増すが、瞼（まぶた）を閉じると裕貴の秀でた面差しが蘇ってきて心臓がどくどくとうるさい。何度か達して疲れ果てたらとにかく風呂を綺麗に掃除しよう。

浴槽内に座る形だから、尻までもじもじしてしまう。そこは、一度も使ったことがない。自分でも弄らないし、身体を洗うときに触れるぐらいだ。だけど、裕貴のあの艶めかしい目を思い出すと腹の底が熱くなり、またも性器がぐぐっと首をもたげる。

ただペニスを扱くだけでは得られない絶頂感が身体の奥底でわだかまっているようで、落ち着かない。

「……っ、なんなんだよ……」

こんな恐ろしくなるほどの性欲は初めてだ。この間のヒートからまだ一か月も経っていないのに、ホルモンバランスが狂っているのだろうか。

ヒート。

オメガ。アルファ。

そしてフェロモン。

この四つの要素に、誠は長いこと振り回されてきた。

快感に耽りながらも、薄く瞼を閉じて、荒れ狂う半生を胸の裡に思い浮かべていく。

この世界には、大きく分けて三つのヒエラルキーがある。

ピラミッドの頂点に立つのは、アルファと呼ばれる人種だ。生まれつき才能と容姿に恵まれ、まさに神に愛された彼らは目を瞠るほどの美形ばかりで、個体数が少ないためによけいに大切にされ、政財界、または芸能界、スポーツ界のトップを占めていた。なにをしても優雅で見事に目的を達成させるアルファに、ひとびとはただただ憧憬のまなざしを向けてきた。それでたとえ増長されて足蹴にされても、アルファの言うことは絶対だ。なにしろ、彼らを中心に世界は回っている。他の人種よりも知力体力に満ち溢れたアルファに任せておけば、間違いはない。ますます人類は素晴らしいものへと発展していく――そんな考えもあるほどだった。

そして、次に位置するのが、ベータという人種。

彼らは穏やかな気質で、男女ともにいちばん数が多い。いわゆる、普通の人間だ。見た目も考え方も平凡で、仲間が多いだけに同調しながら共存していくことができる。取り立てて劣るわけではなく、優れているわけでもないのだが、個体数の多さと繁殖率の高さで、ベータは見分けやすかった。そして、彼らはとりわけやさしかった。穏和に仲間を増やしていこうという潜在的な性質でもあるのか、他人に対して親切だし、派手に怒ることもなかった。他者を受け入れやすいベータはベータ同士で結婚していくことがほとんどだ。細やかな愛情を確認し合えるからだろう。世界はたとえ才能が抜きん出たアルファによって統率されていても、ひとらしい愛に恵まれているのはきっとベータのほうだ。

一方、世界の隅に押しやられているのが、誠をはじめとしたオメガだ。アルファよりさらに数が少なく、影の濃い美貌に生まれつく者がほとんどだ。アルファが陽の美しさであるならば、オメガは陰。ひとのこころを容赦なくかき乱す存在として、社会の中でも異端視されている。オメガの絶対的な特徴は、その身体から発する濃密なフェロモンだ。およそ三か月ごとに訪れる『発情期(ヒート)』に、オメガは己の意思とは裏腹に性的な誘惑の香りをあたりに撒き散らす。その香りはオメガ特有の鋭い美しさと相まって抗(あらが)いがたく、アルファもベータも、男女の区別なく群がってくるほどだ。そのことによって、つらい性的な事件は昔から頻々(ひんぴん)と起きていた。

だから、オメガはひとと群れず、発情期には身を隠す。一週間ほどきつい時期を乗り切れば、またなんとかなると信じて。オメガをめぐる性的暴行は社会的な問題となっており、さすがに十数年前にかなり厳格なオメガ保護法が施行され、年に一度、国民はかならず誰しもが血液検査を受けることになっていた。オメガと判明するのは思春期に差し掛かる頃が多い。早ければ八歳か九歳、十二、三歳あたりにはもうオメガだとはっきりわかる。抑えきれないフェロモンをコントロールするため、そして――いちばんの問題であるとされている、オメガの男女はどちらも妊娠、出産ができるという特異な身体の仕組みについて学ぶため、オメガとわかった者は成人するまで家族と別れ、学校が併設された特別な施設に入る決まりになっていた。そこでは優秀なアルファの医師や教師、親身になってくれるベータで構成され、オメガは自分の身体を理解していく。他人を誘惑してしまううえに自身もどうにもならない性欲を抑え込むための抑制剤を飲み、もしもまた社会に出たときに誰かに襲われたらどう対処すべきなのか、体術も学ぶことになっていた。

誠は十歳のときにオメガだと判明した。国の血液検査でそうとわかったのだ。有希子はベータだったし、父親はアルファだったから、まさか自分がオメガだとは疑ったこともなかった。だが、検査結果は残酷だった。

『誠さんはオメガです』

冷静な顔で言い切った医師の顔をいまでも誠は忘れられない。寄り添う母の有希子がくちびるを震わせ、涙を目にいっぱい浮かべていたことも。

『ごめんね、ごめんなさい、……私のおばあちゃんがオメガだったの……その血が、まさかあなたに……』

絶句してしまった母をなじれるはずがなかった。もうあの頃から、有希子はストレスを体内に抱えていたはずだ。いつ情夫に捨てられるかわからない愛人という座、そこに来て誠がオメガだったという過酷な現実。そのことは父親にも隠しきれなかったと思う。実際の話し合いは耳にしていないが、誠親子が父親の家から追い出されたのはそれから数か月後だったから、自分が別離の大きな理由になったのだろうと逆に有希子への申し訳なさが日に日に募っていった。

――俺がオメガじゃなければ、母さんはきっといまでもしあわせだった。俺さえ、生まれてなければ。

必要とされていないわけではない。有希子から受ける愛情は本物だ。だが、誠はいつも鋭いナイフをこころに隠し持っていた。もし、オメガという立場で誰かから辱めを受けるのであれば刺し違えてやる。相手を殺すぐらいの強さと勢いを持たなければ。そう奮い立たせる反面、自分の存在意義がわからなくなることもあった。

オメガというラベルを貼られただけで、ひとは見る目を変える。誠に手を出そうとしてくる。犯そうとしてくる。男なら問答無用で、女ならうっとりした目で身体を寄せてくるが、誠は誰ひとりとして信用せず、肌を重ね合うこともしなかった。

施設にいたのは、わずか半年にも満たなかったと思う。離れ離れになってしまった有希子が心配でたまらず、職員の隙を突いて逃げ出したのだ。

有希子は、泣きながら誠を送り出したときと同じ安アパートで伏せっていた。そして、舞い戻ってきた我が子を見るなりがばっと身を起こし、大声を上げて泣き、抱き締めてきた。

誠、誠。おかえりなさい……。

施設で孤独に苛まれていた約半年、ずっとずっと聞きたかった言葉に、誠も涙を滲ませた。どんなにまずしくても、たとえ身の危険に晒されようとも、これからは母を守って生きていくと決意した瞬間だった。

あのときから、誠は一度も泣いていない。こころを揺り動かされることがあったとしても、表に出すまいと努めていた。優先すべきは有希子の平穏だ。できるだけ痛みがない毎日を送ってほしい。そのためなら、どんなことでもする。

オメガの特性を知っている有希子は、三か月ごとに誠を襲うヒートもよく理解していて、その間だけはそっとしてくれていた。たまに今夜のようにひっそり風呂場で処理することもあれば、駅前にある安いビジネスホテルの一室にこもって、ひとり狂ったように自慰に耽ることもある。そのときだけだ。誠が声を上げるのは。絶望的な快感が繰り返し繰り返し襲ってきて、もう誰でもいいからめちゃくちゃにしてほしいとすら願いたくなるあの地獄のような時間。オメガ男子はペニスの他に子宮も持っているから、同性に貫かれるとえも言われぬ絶頂を味わえると噂に聞いたことがある。直腸の上に、子宮がある。まるでそこを突くようにずくずくと挿り込んでくる硬く太い男根を思い浮かべると、額に汗がびっしりと浮かび、腰が自然と揺れて性器ごとシーツに擦りつけて達してしまう。

その手のおもちゃを買って、試してみようかと思ったこともあった。中古屋で買ったスマホで、「男　アナル　バイブ」と検索したら、驚くほどヒットした。画像を見て誠は目を剝いた。細いものもあるけれど、本物の男を模したような巨根のバイブレーターもある。

こんなもの、ケツに挿れられるか。裂けるじゃねえか。

舌打ちして、なんとか初心者用のバイブとローションを探し出し金を振り込んで送ってもらい、次のヒートが来たとき、それを持って駅前のビジホに向かった。

『ごめん、すぐ戻るから』

有希子にはちゃんと言い置いて出た。どう言いつくろっても、ヒートはヒートだ。欲情している恥ずかしさはあったが、黙って部屋を空けるのもためらう。有希子は頷き、「すっきりしてきてね」と軽く笑いかけてくれた。それで誠も気が楽になり、ビジホに行ったのだが、いざ、買ったばかりのピンク色のローションボトルと細いバイブをベッドに並べたら、やけに萎えた。確かにペニスはジーンズの中でパンパンに突っ張っているのだが、自分ひとりで裸の尻を上げてローションを塗りたくったバイブを未開通のアナルに突っ込むのか……と考えただけで、笑いたいような、がっくりと肩を落としたいような。

「……無理だ」

白っぽいバイブをぽいとベッドの端に投げ捨て、それから誠は急いで服を脱ぎ捨てて、ローションだけペニスに垂らし、根元から両手で扱き上げた。初めて使うローションのほんのり温かなぬめりは最高で、一度扱いただけで射精したぐらいだ。

「——ッ、——ッ、……あぁッ……あ……！」

自分でもびっくりするほどの大きな声が出て、かあっと顔を赤らめた。ひとりきりの狭いシングルルームは、安いビジホながらも防音はしっかりしている。

結局、誠は五百ミリリットル入りのローションを使いきるぐらいに何度も何度も射精して疲れ果て、最後に少しだけ考え直して投げ捨てたバイブを再び手にし、そうっと狭い窄まりにあてがってみた。

きゅ、と締まる孔の感触に、無理しないほうがいいという自覚はあったのだけれど、射精だけでは燃え尽ききれない情欲の種火が身体の奥底にあって、それをどうにかしたかったのだ。

ベッドに仰向けになり、両足を開く。そして、ローションで濡れたバイブをゆっくりと押し込んでいく。だが、数センチも挿れていないところでやはり違和感を覚えた。排泄器官に無理やり異物を挿れようとしているのだ。やっぱり無理だ。でも、でも、このじくじく炙られるような飢餓感はどうしたらいい？　いっそ奥まで押し込んでかき回し、電動スイッチさえ押してしまえば、気が狂うほど気持ちよくなれるかもしれない――そう考えて、もう少し挿し込んだのだが、途端に怖くなった。

目と目が合ったら襲いかかってくる男どもを殴り倒し、いつからか地元では最強のオメガと言われるほどの誠なのに。

怖くなったのは、身体を犯すバイブのせいじゃない。この硬さで生身の男に突かれるのが癖になったらと思ったとき、自分ともあろう者が怯えたのだ。

一度貫かれる悦びを知ってしまったら、たぶんもう戻れなくなる。男に抱かれることを求めてしまう。そんな自分を考えただけで反吐が出る。誰かにすがって「頼むからやってくれ」とせがまなければいけない場面に立つとしたら、死んだほうがましだ。

　考えるだけで怒りがこみ上げてきて、誠は力任せに細いバイブをへし折り、乱暴に持ってきた段ボール箱に突っ込んだ。それから熱いシャワーを浴び、清潔な浴室内でもオナニーをする。

　ヒート中は、いちばん強い抑制剤を飲んでもまだ暴れたいぐらいだ。自分でできることなんて限られているけれど、次から次へと溢れ出るような精液を外に出さないと窒息してしまう。

「っ、……ん、ぁ、っ、あぁ……くそ、……っ」

　湯を張ったバスタブに座っていることもできず、誠は壁にすがって胸を押しつけ、腰を乱暴に振りながらペニスを扱いた。べったりと白濁で壁が汚れるのをぼうっと見つめる傍ら、壁に当たってツキンと痛い乳首を見下ろす。発情期はそこも性感帯になるみたいだった。喧嘩で勝てるように鍛え抜いた身体なのに、ちいさな乳首は快感を主張するように赤く、上向きだ。

「……ち……っ」

　苛立たしく尖りに指を添え、試しに根元からねじってみた。

「――あ……！」

　足の裏から頭のてっぺんまでびりびりと電流のような強い快感が走り抜け、誠は激しく身悶えた。浴室内の壁に頭を打ち付けたいほどの心地好さに性器が勝手にびくびくっと跳ねて精液が勢いよく噴き出す。

あんなにもイったのに。もう、出尽くしたと思ったのに。

いまベッドに戻ってもまだシーツが自身の精液で湿っているはずだ。替えを頼むわけにもいかないから、誠はこっそり自宅からシーツとタオルを持ち込んでいた。男がひとり三か月ごとにビジホの一室にこもるとなったら、やることはひとつだろう。ホテルの従業員も当然勘づいているだろうから、失礼な真似はしたくない。後始末に困るようなことはすまいと自分に課し、自慰の痕跡はできるだけ残したくないが、この濃い匂いだけは。

オメガのフェロモンが混じる精液は、誠自身をも狂わせる。本気で発情して男に犯されたくなる前に、必死に性器を擦り立てて残滓(ざんし)を放ち、這(は)うようにしてバスルームの外へと出た。

そのままバスタオルにくるまって床に寝そべる。

こんな姿、母には見せられない。

白っぽい無機質な天井に、狭い窓。カーテンなんかは色褪せているが、ぱっと閉めればすぐに室内は密室になる。昼過ぎに入ったビジホの部屋はまだ明るくて、裸の自分がバカみたいだった。

なのに——まだ疼いている。

さっき好奇心にそそのかされて触ったうしろが焦れったい。

そこを弄りたくてたまらない。どうしよう。ローションはまだ少し残っているが。

——でも、自分で弄って達することを覚えたらほんとうに俺は獣以下だ。

ため息をつき、誠は力なく瞼を閉じた。

そのときのヒートは結構重症で、前もって用意したローションが途中で足りなくなってふらふらと近くのドラッグストアに買いに走ったほどだ。日に一度はアパートに帰り、有希子の世話をする。誠がヒート中だとわかっている有希子もなにかと気遣ってくれていた。息子が発情しているなんて母親からしたら見たくもないだろうに。隔世遺伝とはいえ、オメガの誠を産んだ有希子には責任感があったようだ。

お互いに身体を労り、最後はなんだか可笑しくて笑ってしまった。

「ごめんな。俺、……その、はしたなくてさ」

「そういう身体なんだから、受け止めて」

「……ん」

この身体でよかったと思える日が来るなんてまるで想像がつかないが、とにかく頷き、有希子のために夕食を簡単に作って一緒に食べたあとはまたひとりビジホに戻って抜きまくった。

そして、一週間後。やっと仕事にも復帰できた。まだ二十一歳の誠がコンビニで必死に勤めているのは、なにもかもヒートのせいだ。三か月ごとにどうしても一週間前後は休むから、事情を把握してくれる上司じゃないと勤められない。

幸いなことにいまのコンビニの店長は細かくてたまに面倒な性格だが、普段は鷹揚(おうよう)なベータだ。それに、オメガを差別して職に就かせないというのも法に反している。コンビニでは外国人やパートに交じって、店長候補の誠も毎日真面目に働いていた。セルフブリーチでピアスじゃらじゃらという目立つ格好だが。

率先してレジに立ち、手際よく弁当を温めている間にチケットを購入したい客には発券し、宅配便の荷物もきちんと預かる。独り身のお年寄りがイートインによく来てくれるので、代わりにセルフサービスのホットコーヒーを淹れて運んでやることもしていた。

そこそこ広い店舗なので、商品数も多い。スーパーマーケット顔負けだ。一日に扱う商品数、入荷数を数え出したらおかしくなりそうだ。駅前にあるコンビニだけにひっきりなしに客が来る。ヒート中でなければ、客は金髪にピアスで耳を飾る誠が気にならないらしく、ただ金を払って商品を受け取っていくだけだ。そんなドライな関係がありがたい反面、どこか虚(むな)しいところもあった。

大事なひとは有希子だけ。それだけでいい。こころからそう思うのだが、――誰かのこころに残れたら、とも思う。

最強のオメガだけに普段は皆、恐れて近寄ってこない。フェロモンが出ているときはそんな男女が情欲をあらわにして寄ってくるというのがまた寂しい。ひとは皆、誠に惚れるのではなく、オメガが放つ強い性的な香りに誘惑されているだけだ。

ひとつ息を吐いて、トラックから搬入されたばかりのおにぎりを棚に詰めていくことにした。昼時を過ぎて、おにぎりの棚はほとんど空っぽだ。鮭、たらこ、明太子、昆布、ツナにおかかと端からきちんと並べていく。賞味期限が近づいているものは前のほうへ、新しく入ったものは奥へ。でも、目敏い客は奥から取っていく。なんなら、誠の傍らに置かれたコンテナから直接取っていく者もいる。おにぎりを詰め終わったらサラダ、各種弁当。ここのコンビニの弁当にはよく世話になっている。いまのコンビニは生鮮食品も扱っているから、新鮮なバナナやリンゴもあって、たまに有希子のためにもらうことがあった。

夕方まではひと息つける時間帯だ。夕刻を過ぎると学校や会社帰りの客で混雑するから、いまのうちにトイレも掃除しておきたいし、本棚も整理したい。

もともとまめな性格なのだ。だから、有希子の世話も厭わずにできる。

トイレ清掃でひと汗かいたあと、バックヤードで軽く汗拭きシートで身体を拭く。それからコンビニのマークが胸についたチャコールグレーの制服をもう一度着直して店に出ると、ちょうど客がレジにやってきたところだった。

「これ」

コツン、と缶コーヒーを目の前に置いた男の声を耳にしてしばし考え込んだあと、おもむろに誠は顔を上げた。

そこには、あの男が立っていた。

「宮島、裕貴……」

「覚えていてくれたんだな」

裕貴は嬉しそうに顔をほころばせ、小銭を青いトレイに載せる。きりっとした紺色のブレザーにグレンチェックのパンツという制服は、都内でも屈指の名門男子校のものだ。学校が併設された施設を逃げ出して以来、勉学とは無縁の誠でもわかる。確か、学校は世田谷のほうにあるのではなかったか。墨田区の錦糸町駅前のコンビニに立ち寄るはずはないのだが。このへんに友人でもいるのだろうか。

そこで、またも愕然とした。

「おまえ、高校生なのか？」

「三年だ」

「嘘だろ……」

辰巳第一パーキングエリアで出会ったときは、絶対に年上だと思っていた。第一、車を運転しているふうではなかったか。誰かの助手席でそっくり返るタイプではない。

「とにかく、これ」

「あ……」

差し出された缶コーヒーのバーコードを読み取り、小銭を受け取る。すると裕貴は誠の手に軽く触れ、「ちょっと話せないか」と言った。

「どうしても会いたくて探したんだ」

「なんでここがわかったんだ？」

「バイクのナンバープレートを記憶して、腕のいい興信所を使って探し出した」

「こ……っ⁉」

興信所って言ったか、この男。

さらりと言うが、結構怖い。たった一瞬出会っただけの男をプロに頼んで探すとは。

ここの表に誠のバイクが停めてあるから、それで確信したのだろう。

「なあ、出られないか」

「いまは仕事中で無理だ」

「じゃ、休憩を待つ。次の休憩は？」

粘る裕貴を振り払うこともできたはずだが、強い目線が刺さり、嘘をつくこともできない。

「……三十分後」

なんとかそれだけ言うと、裕貴は満足そうに頷く。

「わかった。そこのイートインで待ってるな。んじゃ、そこの唐揚げスナックもひとつ」

さっき揚げたての唐揚げスナックを黙って渡し、代金を払って機嫌よさそうにイートインコーナーへと向かう男の背中を複雑な思いで見送った。

いったい、なんの用事で来たのだろう。この間のお礼参りか。

しかし、高校生とはいまだに信じられない。裕貴は出口からいちばん奥の席に座り、使い込んだ学生鞄の中から雑誌を取り出して読んでいる。

さらさらした黒髪に整った容姿は否応なしに人目を惹き、入ってくる客が皆かならず裕貴を見つめてほんのり顔を赤らめていた。

できるだけ彼に近づかないよう誠は慎重に仕事を進め、とうとう三十分後、他の仲間に「9番、入ります」と告げた。9番とはこの仕事場での隠語で、休憩を指す。ちなみに、トイレは「1番」、ゴミ箱清掃は「35番」、ボコってやりたい万引き犯らしき客を見つけたときは「スター」と呼び合い、警戒する。

店員がイートインの席を陣取るわけにはいかない。それに昼休憩でもあるので、四十五分休める。静かに雑誌を読んでいた裕貴に近づき、「おい」とドスを利かせた。

「外出るぞ」

「わかった。どこ行く?」

「ファストフード」

コーヒーが美味しい喫茶店もあるのだが顔を知られているので、「友だちかい?」と訊かれる可能性がある。がやがやと賑やかなファストフードなら、アルファの裕貴とオメガの自分もほどよく埋もれるだろう。

「なに食べる? ずいぶんいろいろあるんだな」

一階のカウンターでオーダーする間、裕貴は物珍しそうにメニューを眺めていた。

「こういうところ、来ないのか」

「あんまりな。カフェなら行くんだが。ええと、じゃ俺はこのベーコンサラダバーガーのポテトセットで、飲み物はコーラ。誠は?」

「ダブルチーズバーガーのポテトセットでウーロン茶」

「かしこまりました」

レジ係の女性はベータだろうか。アルファの裕貴にうっとりしたあと、隣の誠の鋭い美貌に目を瞠っている。

誰がどう見たって不釣り合いなふたりだ。ひとりは名門校の制服を着た、選ばれたアルファ。もうひとりは洗濯を繰り返したコンビニの制服を脱ぎ、ポロシャツ姿のオメガ。だが、その翳(かげ)った美は華やかな裕貴の隣にいるとよけいに際立つようだ。

頬を染めた店員たちが渡してくれたトレイを持って二階に上がる。ちょうど窓際のカウンター席が空いていたのでそこを陣取ることにした。

隣同士に座り、裕貴が美味しそうにハンバーガーに齧り付く。その様子を訝しげに見つめ、誠も黙って食べ始めた。

どうかすると殺伐とするコンビニという職場を選んだのも、バイクで誰ともつるまず走るのも、ひとりでいたほうが気楽だからだ。誰とでも器用に話せるたちではない。己の許容範囲が狭いことをよく知っている誠は、母の有希子だけを胸に棲まわせていた——のだが、隣で裕貴ににこりと微笑まれると胸騒ぎがする。

いままで、数人のアルファに出会ってきた。街中で、バイクで走っている最中で、こんなふうに外食している間にも。

だけど、その誰にもときめかなかった。確かにアルファは魅力的だ。しかし、誠には薄っぺらく映っていた。自分たちが選ばれた存在であることにあぐらをかいて、とくに努力もせず、周囲に持ち上げられているだけ。だったら、周りと馴染もうとしているベータのほうが好印象だ。社会の底辺でも必死に生き延びようとしている、自分と同じオメガにも情を覚える。

そのぶん、アルファはよけいに中身がないように思えた。ただの綺麗なメッキに覆われただけの容れ物。優秀だといわれる血に引きずられて独自のコミュニティを作り、そのメンバーしか認めない可哀想な生き物だ。アルファはアルファの純血種を守るため、めったにベータやオメガを

パートナーに選ぶことはない。同士で繋がり、より優れたアルファを生み出すことに余念がないのだ。平凡なベータはともかく、発情期があるオメガを選ぶときはただ己の欲を満たすためのことが多い。

オメガは永遠にアルファに狩られ、翻弄(ほんろう)される運命なのだ。

「おまえ、俺を哀れんでるだろ」

唐突に言われ、誠はストローから口を離した。

「は？」

「顔に全部出てる。アルファはただの上っ面だけで、中身がないってな」

「……」

言い当てられて、返事ができない。

「おまえの気持ちもわかる。アルファとオメガの組み合わせは好奇の目で見られることが多いよな」

「……まあな」

「でも、俺はそんな浅い人間じゃない」

知るかそんなこと。出会ったばかりの相手に言われても説得力がゼロだ。

「……なんの用事で来たんだ。どうして俺を探した？」

気になってたまらないことを訊ねると、裕貴は粋に肩を竦め、「おまえに会いたかったからだ」と言う。

「パーキングエリアで出会ったときにわかったんだ。おまえは、俺の運命の番だ」

「——なに言ってんだ、おまえ……」

強い語調で言い返そうと思ったのに、声がやけに喉の奥で引っかかってしまう。

運命の番。

それは、神に愛されたアルファと神にもてあそばれるオメガを引き寄せるたったひとつの罠だ。生まれも育ちも、社会的地位も違いすぎるアルファとオメガには、抗えない力が働くことがまれにある。

ひと目惚れという言葉よりも強い繋がりを示す、運命の番。

目と目が合ったときにどうしようもなく惹かれ合い、離れられなくなる相手に出会ったとき、アルファとオメガは本物の恋に落ち、契約を果たす。それはたとえ同性だろうと異性だろうと関係ない。肌がびりっとざわつくような電流を感じて、相手の一挙一動から目が離せなくなる。そうなると、アルファとオメガはまるで磁石のNとSのように引き合い、結ばれるのだ。その瞬間から、オメガはそのアルファのためだけにフェロモンを発するようになり、無差別にひとを誘惑することはなくなる。そして、同性でも相手の子どもを宿すことができるという物語のような展開だ。

しかし、甘い話だけで終わるはずがない。

運命の番である契約は、オメガ側からは一切解除できないのだが、より強い力を放つアルファからは離別することができる。簡単に言えば、運命だと思っていたオメガに飽きて一方的に契約を解除し、他のオメガをまた選ぶことができるのだ。

残されたオメガにとっては、人生は生き地獄になる。契約が解除されてもヒートは収まらず、それどころか暴走して以前より一層ひとびとを誘惑してしまう生き物に堕ちていくしかない。そのうえ、もう誰とも番になれないのだ。

たとえ一瞬愛されても、捨てられてしまえば一巻の終わりだ。アルファにとって本物の恋は選び放題で、オメガにとってはたった一度きり。

この身を守るためにも、誠が一匹狼になる道を選んだのは致し方のないことだ。世の中には、運命に振り回されることに疲れ果ててしまって誰とでも寝るはぐれオメガもいる。

「……オメガは、短命なんだよな」

裕貴が瞼を伏せる。

彼の言うとおり、自分の身を滅ぼすような道を選びがちなオメガはあまり長く生きない。みずから人生を放棄しているところがあるのだ。

「哀れんでるのはおまえだろ。オメガの俺を可哀想だとでも思ってるのか。ずいぶん上から目線だな」

「そうじゃない。おまえを守りたいから、必死に探し出したんだ」

コーラを飲むのをやめて、裕貴がまっすぐ顔を上げる。

「俺の勘違いだとは思いたくない。おまえ、俺の運命の番だろ？」

「なに頭沸いたこと言ってんだよガキが。ざっけんな」

身体を斜めにすると、テーブル下で裕貴の脛を思いきり蹴り飛ばした。裕貴は顔をしかめるが、怒るわけでもなく、コーラのカップを握ったままだ。

「気のせいなんかじゃない。おまえに会った瞬間にわかったんだ……ずっと俺が探し求めていた運命の番は誠、おまえだ」

「なんだよそれ。自分の好きなようにできるってのか？　アルファ様々だな。はっ、人権も無視かよ」

「無理やり犯したくない。だから、ちゃんと会いに来た」

低い声は誠だけに伝わり、身体の芯に火を点ける。

——わかっている、ほんとうは裕貴が自分にとっても予想外の存在だということを。

あのパーキングエリアで揉め事から救い出してくれたとき、彼に触れたとき。いままでに味わったこともないヒートを呼び起こすような熱が身体の中に湧き上がった。

だが、食い物にされるのだけはごめんだ。自分だってあのときは突発的な喧嘩で頭に血が上っていただけなのかもしれないし。

己の足に裕貴の長い足が絡みついてきて、ぎょっとした。テーブルの下で、すり、と脛が触れ合う。ジーンズを通しても、裕貴の逞しさが伝わってくるようだった。

動揺していることを悟られたくなくて、慌てて足を引く。

「……おまえなんかに犯されるわけがねえだろ。だいたい、俺はおまえより年上なんだよ」

「いくつだ。十九か？」

「は？　バカか？　二十一だよ」

「その金髪のせいか。若く見える」

「うっせえよ」

ぎろりと睨んだのに、裕貴は動じることもなく苦笑している。

「とにかく、一度は詫びをさせてくれ。この間は悪かった。うちの奴らがおまえに絡んですまなかったな」

「……なんなんだよ、おまえらんところ」

「俺たちは渋谷を根城にしている『ソリッド』というチームだ。名前ぐらい聞いたことがあるだろ」

ある。むかつくが。

「あれだろ。すげえ金持ちのバカだけが集まって夜な夜なクソみたいなパーティばっかやってんだろ」

「俺はその『ソリッド』のリーダーだ」

だから、十八歳でこの貫禄なのか。

ソリッドはいま都内一有名なチームだ。金に物を言わせて高級車を操り、女もファッションも喧嘩も最高級を目指すと聞いている。バカバカしい。女はともかく、喧嘩に高級も下品もあるか。

「辰巳第一パーキングエリアで赤いランボルギーニを見た覚えがないか」

「……そういや、トイレの近くに停まってたな」

こんなバカ高い車に乗っている本物のバカがいるのだと感心したことも覚えている。すると裕貴は胸を反らし、満足そうな笑みを浮かべる。

「あれが俺のいまの愛車だ」

「あれが⁉」

バイク好きの誠ですら、ランボルギーニがいくらするのかだいたい知っている。あの赤のランボルギーニはシザーズドアという鋏(はさみ)のように縦に開く特徴的な扉を持つ、超・超・超々々々高級車だ。確か、五千万以上するのではなかったか。

「おまえ……あれいくらすると思ってんだよ……高校三年が乗っていい車じゃねえぞ」

「誠は車も詳しいのか？　どうしてもあの形が欲しくて、カラーリングも特別なんだ」

「バカか。あんな場所取るだけの車なんか持てあます」

思わずドンとテーブルを拳で叩いていた。

「どんだけボンボンなんだよおまえ。免許取って最初の車がランボルギーニ？　アホじゃねえの？　どっかのバカに突っ込まれて終わりだよ」

「まだまだ俺のことがわかっちゃいないな誠。俺に突っ込む度胸のある男がいるとは思えねえよ」

「は、言ってろ」

呆れて言い返す気力もない。ポテトをまとめて口に突っ込み、ウーロン茶で流し込む。強めの塩気が疲れた身体に美味しい。ダブルチーズバーガーにもかぶりつく。ピクルスが好きなので、真っ先にぺろりと食べた。

ふと見ると、裕貴はベーコンサラダバーガーに挟まれたピクルスを指で引き抜いている。それだけ食べるのかと思って見ていると、ナプキンに包んで丸めようとしている。

「おい。食いもんを粗末にすんな」

「嫌いなんだよピクルス」

「うめぇじゃねえか。酸っぱくて」

「そこがやだ。ハンバーガーに酸味は必要ない。だったらおまえが食べるか？」

ピクルスが指でつままれて口元に運ばれるが、ぱっと払いのけた。よく知りもしない男に餌付けされてたまるか。

食べ物を粗末にするなと言った先から断るのは忸怩たるものがあるが、裕貴はちょっと目を丸くしただけだ。美味しそうにピクルス抜きのハンバーガーを食べながら、コーラに口をつけている。だったら最初からピクルスを抜いてもらえばいいのに。

「誠はあのコンビニで長いのか」

「……二年だ」

「ひとり暮らしか？」

「そんなん興信所を使ってるんだから全部お見通しなんだろ」

「俺が依頼したのは、ナンバープレートからおまえの住処と勤め先を突き止めることだけだ。それ以外のプライバシーには関与させていない。大事なことは俺自身で直接知りたい」

なにを言ってやがる。金に飽かせて高級車を走らせ、ひとの住所や仕事を知るなんて普通の人間がやることではない。

とにかくこの昼食を終えてさっさと立ち去ろうとすると、裕貴がふいに誠のくちびるの脇を指で擦ってきた。

「な、――なんだよ」

「ケチャップついてた。おまえ、子どもみたいなところあるな。一生懸命食ってるし」

触れられた場所がやたら熱くて困る。必死に拳でそこを擦り、裕貴の指の感触を消そうとするのだが、そうすればするほど指が当たったやさしい感触が染み込んでしまいそうだ。

「俺は腹減ってたんだよ」

優雅にハンバーガーを食べている裕貴とは違い、早食いが身についている誠はあっという間に食べ終えていた。ポテトも空っぽだ。すると裕貴は自分のトレイにナプキンを広げ、そこにポテトをざっと出す。

「一緒に食べようぜ」

……どこのカップルだ。

テンションが違いすぎて突っ込みようがない。

一本ポテトを口に運ばれてむっとし、乱暴に奪い取った。

「ほら、冷めるとまずくなるぞ」

ポテトに罪はないのだから、食べたほうがいい。というか、もう少し食べたかったところだ。

トレイに広げられたポテトを黙々と食べていると、やっとハンバーガーを食べ終えた裕貴は頬杖をつく。

「いつもひとりで走ってんのか」

「まあな」

「仲間はいないのか？」

「邪魔だ。俺はひとりで走りたい」

「どうして。みんなでスピードを合わせて走るのって気持ちいいぜ。そうだ。今度俺の車に乗ってくれよ。誰も助手席に乗せてないんだ。納車されたばかりでいまはまだ慣らし中だからさ」

「……断る。おまえの隣なんか誰が座るか。クソしてやるぞ」

あえて汚い言葉を使ったのに、裕貴は可笑しそうだ。

「おまえならいいや。だって俺の運命の番だしな」

「だから！　じゃねえってんだろ！　なにが運命の番だ。目と目が合っただけで勘違いしやがって——」

まったく話が噛み合わない。頭に血が上って立ち上がりかけると、グッと手首を摑まれた。

「落ち着け。悪かった、俺が先走りすぎたかもな。でも、おまえだってオメガだ。特別なアルファと運命の番になる可能性があるかもしれないと考えたことがあるだろう？」

「……」

ないわけではないけれど、素直に「そうだな」と認めたくない。

こんな、容姿も育ちもなにもかもが違う相手に引きずられるなんて。差がありすぎて腹が立つ。アルファとオメガが結ばれた場合、ほとんどはオメガが抱かれる立場にある。ということは、男の自分が男の裕貴の下に組み敷かれて彼の物を受け入れるかもしれないのだ。

ふと、この間のヒートのことが蘇ってきた。駅前のビジホで飢えたように快感を貪り、誰にも触られたことがないアナルにバイブレーターをあてがったあの瞬間を目の前の男に置き換えたらどうなるのだろう。

育ちがよく、意志の強そうなしっかりした目元に綺麗な鼻筋、楽しそうに微笑む口元。そのくちびるからどんな熱い吐息がこぼれるのかと想像しただけで気もそぞろになる。

いけない。こんなところで発情している場合ではない。

オメガには三か月ごとの発情期の他にも、なにかをきっかけにホルモンバランスが狂うと短期間のヒートが訪れることがある。それは数分で終わることもあれば、数時間、丸一日かかることもある。自分で言うのもなんだが、面倒な身体だ。

たぶん——間違いなく、裕貴は特別なアルファだろう。いままでコンビニで仕事をしてきて、優れたアルファは何人か目にしてきたけれど、自分とは違う人種だなとしか思わなかった。

だが、裕貴は違う。磁力が違う。ずっと触れていてほしいような、もっと奥をかき回してほしいような、感じたことのないもどかしい欲情がこみ上げてきて動揺してしまう。

ここで隙を見せれば、食い荒らされるだけだ。裕貴は金持ちのボンボン。どう見たって目新しい人間や物に飢えていて、周囲にはいない粗野な誠に一時惹かれているだけだろう。もてあそばれて飽きた頃に放り捨てられることを考えただけで、はらわたが煮えくりかえる。

自分でもどうしていいかわからず、誠は足を高々と組んで背を反らした。

「俺なんかに構ってないで『ソリッド』で好き放題やってろよ。おまえなら簡単にやらせてくれる男も女も大勢いるだろ」

「いる。——いたよ、でもいまはおまえじゃなきゃ嫌だ」

摑んだ手首を離さない裕貴をぎっと睨んだ。そんな上っ面の言葉がいちばん嫌いだ。

「おまえの言うとおりにする。なんでもしてやるから、とにかく一度、休みの日にでもゆっくり会わないか。どこかおまえの好きなところに行って、じっくり話がしたい」

「バーカ。好きに言ってろ。俺はもう仕事だ。じゃあな」

今度こそ手を振り払うと、すがるように裕貴が見上げてきた。

「今夜、またあのパーキングエリアで会えないか」

「今夜も仕事だ」

「おまえが来るまで待ってるから」

「明日も学校あんだろ。ガキは真面目に学校行っとけ」

「待ってるからな」

裕貴はまるで引かない。もう一度だけ、念を押すように誠の手首をぎゅっと握り、強い熱を残してきた。

だから誠も残り少ない理性をかき集め、ふんと鼻を鳴らして彼を見下ろし、その場をあとにした。

誰が行くか。今夜あの辰巳第一パーキングエリアに行ったら、絶対に裕貴の思惑どおりになってしまう。

しかし、仕事中はつねに裕貴のことが頭にあって、どう頑張っても意識から追い出すのは無理だった。

——午前二時。

すべての仕事を終えて、誠は仲間に挨拶してバックヤードに戻り、制服を着替えて店の外に出た。今日はだいぶ暑くなりそうだ。もうこの時間で蒸している。さっき身体を拭いたばかりなのにもう背中に汗が噴き出している。だがそれでもしっかりとライダースジャケットを着込み、店の裏手にあるハーレーのエンジンをかける。ヴォン、ヴォッ、ヴォッ、と断続的なエンジン音が腹を揺るがし、誠は愛用のヘルメットをかぶってスタンドをキックする。

もう深夜だからあまり大きくふかせない。ここから家までは十分程度なのだが、さっき家に電話したとき、有希子は「大丈夫よ。ゆっくり寝ているから」と機嫌のいい声で返事してくれた。

だったら、少しだけ走って帰りたい。

地元をうろつくのもいいが、錦糸町駅前はちょっと面倒な輩が多い。いまどきハーレーなんていう無骨な物を乗り回している男を見かけたら誰がどう絡んでくるか面倒だから、すぐにいつもの首都高へと乗ることにした。ジャケットの前をきっちり閉めていても、風が抜けていく。身体がふわりと浮き立つようなこの高揚感は、何度味わってもいい。

直線、カーブ。クラッチをこまめに切り替えながらバイクを走らせ、先に見えてきた辰巳第一パーキングエリアに車体を寄せていく。今夜もパーキングエリアは開いているようだ。実際に中に入ってみると、大型のトラックが奥に二台、トイレ休憩だろうセダンが三台ほど停まっているだけで静かなものだ。

しかし、いちばん手前にあの真っ赤なランボルギーニが停まっているのを見て顔が強張った。おそるおそる右隣にバイクを近づけて中をのぞき込むと、レーシング仕様のシートが少し倒れて、誰かが寝そべっている。

向こうも、ドッ、ドッ、という重低音に気づいたようですぐに身を乗り出し、左側のシザーズドアがゆっくりと上に向かって開いた。

その仰々しさに、アホかと思う。映画の中でしかお目にかかれないような光景だ。もしくは、本場イタリアとか。狭い日本で走る車じゃないのに。

「乗るか?」

「乗らねえよ」

ばっさりと切り捨て、ハンドルを握る。ただ、様子を見に来ただけだ。ほんとうにもし律儀に約束を守っていようものなら、一方的に帰ってしまうのはただ後味が悪い。それだけだ。

「じゃ、なにか飲もう」

裕貴が車から降り出てきて、ぶらぶらと自動販売機に近づく。この間見た彼の連れはいないようだ。仕方なく誠もハーレーを停めて降り立つ。

「今日はひとりなのか」

「ああ。仲間はみんな地元で飲んでる」

彼の地元といったら渋谷、六本木(ろっぽんぎ)だろう。こっちの地元、錦糸町とはぜんぜん違う。やばい人種がいるのはどっちだって変わりはないが、『ソリッド』がたむろする六本木はやっぱり金がある者が多い。だから遊び方も派手だ。朝までやっているクラブで飲み明かし、最先端の音楽に身を浸してたまにちょっとひとには言えない薬もやったりして、気に入ったベータやオメガをお持ち帰りするのだろう。

一方、場外馬券場と飲み屋がひしめく錦糸町の午前二時は混沌としている。さすがに場外馬券場はこの時間閉まっているが、いまもっとも金髪率の高い街と言われる錦糸町だ。ロシア人、フイリピン人に韓国人、中国人が交ざって、正直なところ日本語は萎縮してしまうぐらいの時間帯がある。新宿や渋谷がだいぶ警察の取り締まりが厳しくなったおかげで、錦糸町や上野(うえの)方面にディープな空気が流れてきている感じだ。

　男の誠ですら、駅前南側はあまり立ち寄らない。そこらは無国籍とでもいうべきバーやクラブ、スナックがひしめいているうえに、違法の風俗もあちこちに店を構えている。

　目線の先では、裕貴が自動販売機でアイスコーヒーを買っているところだった。それを一本誠に放り投げ、近くのベンチに誘ってくる。

「真面目だな、おまえ」

「なんだよいきなり」

「昼間、約束したことを守ってくれただろ。こうしてちゃんと来てくれた」

　嬉しそうに缶コーヒーのプルタブを引き起こす男に舌打ちし、「ちょっと寄っただけだ」と言い捨てる。

「飲んだら帰る」

「そう言うなって。少しでもいいから俺の車に乗ってみてくれよ」

「なんで」

「おまえの匂い、残しておきたい」

あからさまなことを言われてカッと顔が熱くなる。コンビニを出るときに身体を丁寧に汗拭きシートで拭いたからたぶん体臭はさほどしないはずなのだが、裕貴は鼻が利くほうらしい。オメガ特有のフェロモンを嗅ぎつけられるのだろう。毎日抑制剤を飲んでいても、ある程度のフェロモンは流れ出る。それはもう、個人の体臭と同じようなものなのだと誠もなかば諦め、受け止めていた。ボディソープを塗りたくって身体を洗っても肌の下にまで染みついている蠱惑的な香り。

体臭と名前は同じようなものだ。個人を判断する。

「誠の体臭にはそそられる」

「……くせえって言いてえのかよ」

「んなわけない。いますぐここで押し倒したいぐらいだ」

肩をぶつけられ、胸が弾む。コンビニで仕事しているとき、客と指先が触れ合うのなんかしょっちゅうだ。金を受け取るとき、商品を渡すとき。でも、誰にもこんなひりひりした甘い痛みは感じたことがない。

内心戸惑っていると、「あのバイク」と裕貴が顔をのぞき込んできた。どうしてこう、パーソナルスペースを近く取るのだろう。それがまた嫌ではなくて、するりと内側にたやすく入り込んでくるような感覚には手のひらがじっとりと汗ばんでしまう。誰とも寝たことがないから、他人の体温には敏感だ。匂いにも。

嫌になる。裕貴の一挙一動に振り回されている自分が。無意識にくちびるを噛んでいると、裕貴はなんでもない顔で「いいバイクだよな」と続けた。

「ずいぶん古い型だろう。どこかの中古屋で買ったのか」

「違う」

「じゃ、盗んだとか」

「んなわけねえ。……もらったんだよ。知り合いに……譲ってもらったんだ」

いまはもういないひとの顔を思い浮かべながら呟くと、裕貴は「そうか」とだけ言って頷く。

秋留――湯村秋留。誠より七歳上のいかした兄貴だった。

とはいっても実際に血が繋がっていたわけではない。いま暮らしているアパートの前に住んでいた同じようなボロアパートの隣人で、幼い頃から喧嘩の強さで一目置かれてきたという秋留に、誠は無性に憧れていた。ふたりが出会ったとき、十一歳になったばかりの誠は施設を飛び出してなんとか母の元に戻った頃で、アパートの隣室に十八歳の秋留がひとりで住んでいた。

父親は冷たいだけの男だったし、兄弟もいない。だから、無意識に頼れる男を求めていたのだろう。秋留は誠と同じ、オメガだった。誠なんかよりももっともっと鋭い美しさを持った男で、崇拝する奴も多ければ敵の数もまた半端なかった。身長は誠と同じぐらいだったが、モデルのような体型で、彼がバイトにバイトを重ねて必死に金を貯め、ようやく憧れのハーレーダビッドソンを購入したときは、誠ですら興奮した。

　もちろん中古だが、これぞハーレーというチョッパースタイルで、タンデムシートがついた黒とシルバーの無骨なボディ。ドッ、ドッ、と腹の底に響くエキゾーストノートが最高に格好良くて、納車されたばかりのバイクに跨がる秋留に駆け寄ったら、ぽん、と黒いヘルメットをよこされた。

『え……』

『おまえのだ。うしろに乗れ』

　嬉しいというよりも、驚いた。このバイクを買うために秋留がどれだけ苦労してきたか知らないわけではない。彼もまたオメガのための保護施設に馴染めず学校も中途半端に飛び出し、福祉機関の支援を受けながら懸命に働いていた。

　施設にいれば、一応の教育は受けられる。当たり前の社会知識も得られるし、なにより身の安全が保証される。食事の心配もしないですむ。それに、一度施設を飛び出したオメガに福祉は結構冷たい。生きていくうえでの最低限の支援——住居の案内やかかりつけの医師の紹介、わずかな支給金の援助しかしてくれないので、生活費は当然自分で稼ぐことになる。就職先も、施設にいればなにかと相談に乗ってもらえるのだが、はぐれオメガは自力で厳しい道を切り拓くことになる。

誠も、覚えている。暖かい毛布に気持ちのいい風呂、栄養満点の食事がいつもきちんと用意されていた施設。まわりはみんなオメガばかりで、つらい身の上に生まれてきた仲間を案じるこころを持っていた。

だが、あそこには自由がない。

二十四時間監視され、毎日の検温に始まり、ホルモンの分泌量、精神の安定状態までも事細かにチェックされる。三か月ごとのヒートが訪れたら別室で管理され、オメガ男子の場合アナルセックスまではいかなくても、事務的に射精の処理をされる始末だ。

オメガは個体数が少ないため、まだわからないことが多すぎる人種だ。だから、国は保護施設と謳う反面で、オメガの生態をより深く探ろうとしていた。保護というよりも隔離施設というほうが正しい場所から、秋留も誠も逃げ出した。そして、出会った。

自分の身を自分で守るための喧嘩は、秋留から全部教わった。格闘技を齧っていた秋留と毎日早朝から走り込み、体力勝負の車の修理工場と早朝の新聞配達のバイトに励む彼を手伝うこともあった。車の修理にはさすがに手を出せなかったが、新聞なら一緒に配れる。最初は自転車で、十五歳になったらすぐさま原付免許を取って最初のバイクを買い、秋留のあとを追いかけた。

秋留は無口で誰よりも綺麗で、ひとを寄せ付けない反面、一度こころに入れた人物は大切にする男だった。

自分と同じオメガの誠が病弱な母の元に帰って一緒に暮らすことを選んだときから、隣に住む秋留はなにかと世話を焼いてくれた。詳しいことは最期まで聞けなかったが、彼には彼なりの事情があったのだろう。

その秋留が念願のハーレーを買った半年後に事故で死んだとき、誠はほぼ一か月もの間泣き暮らした。ハーレーで事故ったのではなく、新聞配達中に居眠り運転のトラックに撥ね飛ばされたのだ。誠が十六歳になったばかりで、秋留は二十三歳になろうとしていた。

瞼が腫(は)れて目がまともに開かなくなるほど毎夜泣き、母が仕事を休んでまでずっと付き添ってくれたぐらいに憔悴(しょうすい)しきった誠が秋留のハーレーに触れたのは、彼が亡くなってから半年も過ぎた頃だった。その頃にはもう、アパートの隣にはまったく知らないひとが住んでいた。

——俺の身にもしもなにかあったときは、あのハーレーはおまえが面倒を見てくれ。

秋留が愛車を手にしたときにそう言い残し、書面にもして知り合いの福祉委員に預けていたことで、ハーレーは誠の手もとに残された。

仕事が忙しかったからそう頻繁(ひんぱん)に乗れてはいなかったが、秋留は毎日ハーレーに一度は触れていた。大きな車体を覆うカバーを取りのけ、愛おしそうに跨がってハンドルを握り、ボディチェックをしていた秋留に、誠もよく寄り添っていた。

なにかを深く話し合ったわけではない。互いのこれまでの事情を洗いざらい持ち寄ったこともなかった。ただ、お互いにオメガだったから、思いやることはできた。その身になにが起きるかということも知っていた。秋留は、発情期をどう過ごしていたのだろう。誠はあの頃から浴室かトイレに隠れてなんとか自分を慰め、医師から処方された抑制剤を飲むことで耐えていた。三か月ごとのヒートの重さはオメガによって異なる。比較的軽い症状ですむ者もいれば、年を経るにつれて衝動がひどくなっていく者もいると聞いたことがある。

　どうやら、誠は後者のようだった。だから年々抑制剤の量が増え、種類も多くなった。これで内臓に負担がかかって死ぬならそれでもいいとさえ思った。誰かに犯されて屈辱を味わわされるぐらいなら、薬の影響で死んだほうがずっとましだ。

　秋留は――どうだったのだろう。たったひとりで過ごしていた秋留の部屋に誰かが訪ねてくる気配は一度もなかった。ただ、発情しているらしき時期は仕事を休んでどこかに一週間ほど身を隠していた。傷を負った猫が息を潜めてひっそりと物陰に隠れるように。誠も、秋留がいつもどこに行くのかまったくわからなかった。

　そうして、ほとんどなにも知らないまま、秋留は誠に古い型のハーレーダビッドソンを遺(のこ)して死んだ。

　秋留の意志を引き継ぐため、誠は十八歳になってすぐに大型免許を取得し、それまで乗っていた中型のバイクを潔(いさぎよ)く手放して、以来ずっとハーレーと時をともにしてきた。

多くを語らずに若くしてこの世を去った秋留が、なにをこの大型バイクに託したのか。力か。自由か。

それが知りたくて、いまの自分は秋留のバイクに乗り続けているのかもしれない。

つかの間過去に想いを馳せていた誠に無駄口を叩くこともなく、隣に座る裕貴は黙って何度か足を組み替えていた。

「大事にしてるのがわかる。よく磨いてあるよな」

「ああ。命よりも大事だ」

いや、ほんとうは母の次に大事だ。しかしそれをここで明かすわけにもいかないので、黙ってコーヒーを飲む。

ふいに、裕貴が片手で頭を引き寄せてきた。

「な……っ」

「認めろよ。おまえ、ほんとうに俺の番だろ？」

「——だから、違うっつってんだろ。てめえの勘違いだ」

「勘違いじゃない。俺はいままでに多くの奴らを見てきた。オメガも、ベータも。でも、おまえほど強烈な男は見たことがない。俺を振り回す匂いなんだよ……おかしくなりそうだ」

飲みかけの缶コーヒーを傍らに置いて、裕貴が肩を強く摑んできた。

「頼む。一度だけでもいいから触らせてくれ。そうしたら、おまえが番かどうか絶対にわかる」

「勝手なこと言うな！」

誰がそんなことさせるか。夜中のパーキングエリアで男ふたりで触り合うなんてぞっとする——と言いたいのに、喉の奥がぐっと締まってうまく呼吸できない。

その沈黙を了承と取ったのか、裕貴が声を落とす。

「誠、こっちだ」

肩を摑まれて立ち上がらされ、トイレへと引っ張られていく。いますぐ、誰かが来たらいいのに。『なにやってんだおまえら』とでも言ってこの硬い張り詰めた空気を壊してくれたらいいのに。

途中で殴りかかることも、蹴り飛ばすこともできたはずだ。なぜなら自分は最強のオメガだ。いかに肩を摑む力が強くても、相手を潰せなかったことはかつて一度もない。

なのに、どうしても。どうしても裕貴の手を振りほどくことができなかった。自分よりもひとまわり逞しいというのもあるが、優男に見えるのに。

無人のトイレに入り、いちばん奥の個室に連れ込まれた。裕貴がうしろ手でカシャリと鍵をかけるとぞくりと背筋に震えが走る。狭い場所で向かい合い、互いの熱っぽい呼気が感じ取れるぐらいだ。するっと裕貴の手が頬に触れる。それだけでもう膝が笑ってしまうようで、まっすぐ立っていられない。

ライダースジャケットの襟元を摑まれ、ダンッと壁に押しつけられた。

「放せ——バカ、なにしてんだよ！　おい！」

目と鼻の先で怒鳴った瞬間、顎を親指で押し上げられて、強くくちびるが重なった。がつんと前歯がぶつかるような力尽くのくちづけに目を瞠り、一瞬、ただその熱に呑み込まれた。

伝わるのは、荒っぽいまでの暴力的な熱。だが、ひたすら誠が欲しいという一心が伝わってくるから、反撃するチャンスを見失った。

茫然としていると、裕貴がちいさく笑って今度はなだめるようにやさしくくちづけてくる。

「……すげえ……こんな感触なのか」

「っ、どういう、意味だよ……」

「キスするまでいろいろ想像してた。柔らかいのかとか、かさついているのかとか、ひんやりしてるのかとか。でも、すげえ熱い」

声が上擦っているのがわかるぐらい、裕貴は欲情しているみたいだ。

立ったまま身体を擦り合わせてくる。とくに下肢を。そうすることで、もう互いに限界までぎちぎちに膨れ上がっていることを知った。

嘘だ。ただくちびるをぶつけただけじゃないか。誠の身体から発する微量のフェロモンを吸い

込んだ裕貴はともかくとして、自分はどうなのだ。アルファはフェロモンを発することはない。となると、やはり言葉では説明できないこころの深いところで彼に引きずられているということだろうか。

くそったれ、誰がそんなこと認めるか。いま性器が昂(たか)ぶってるのは不測の事態に立ち会っているからだ。

ぎりぎりと奥歯を噛み締めながら、せめてもの反抗として彼の首筋に噛みついた。それも、思いきり。

「っつ、……！」

痛そうな声を上げるが、裕貴は離れない。それどころかもっと腰から下をきつく押しつけてきて、円を描くように動かす。

「誠のが見たい」

「っ、ん、……ぁ、っぁ、……」

腰を跳ねさせるようにしながら上体も重ねられると、もう身動きは取れなかった。だったら、大声を上げて助けを求めればいい。そう思って口を開いた瞬間、にゅるりと舌がもぐり込んできた。

「――ン……！」

まさかの、二十一年生きてきてまさかの初めてのくちづけだ。他人に指一本触れさせたことのない身体はまたたく間に裕貴のために沸騰し、背中の溝をつうっと汗がしたたり落ちる。くちびるを重ねるだけでは物足りないのか、裕貴は舌を強めにねじ込んできて擦り合わせてきた。

瞬間、感じたのは激しい嫌悪だった。他人の唾液を受け入れるなんて。

そう思ったのにちゅくりと先端を噛まれると頭の芯がとろとろに蕩けるような甘い快感が忍び寄ってきて、思わず裕貴の背中にしがみついていた。

そうでもしないと、トイレの床にへたり込みそうだったのだ。パーキングエリアのトイレはけっして綺麗なほうではない。男子トイレならなおさらだ。だが、この個室はまだまともで、清掃員が少し前に入ったのか、洋式の便器も床も綺麗に掃除されていた。

ぬる、にゅる、と擦られる舌がうずうずしてきて落ち着かない。食いちぎってやりたいぐらいだ。頑丈な背中に爪を立ててると、どういう意味に取ったのか、裕貴は誠の中にもっと舌を押し込んでくる。肉厚のそれは誠には少し大きめで苦しいぐらいなのに、どこにも逃げられない感覚がより快感を際立たせていた。腕を押しのけようとしても、膝を蹴り上げようとしても、がっしり押さえ込まれている。

「よせ……やめろ、って言って、んだろ……」

「でもおまえのここ、反応してるぜ？　俺もな」

誠のジッパーに裕貴は下肢を押しつけてくる。その硬さと大きさに全身の血がぶわっと熱くなる。

「……ん……！」

ただでさえ敏感なオメガの身体だ。こころが揺れ動いているアルファに触られて反応しないというのは無理だ。だったらここは正直に感じてしまったほうがいいと思う——思うのだが、理性はそこまで割り切れない。

なんとか舌を拒もうとしていると、苦笑する裕貴が「わかったよ」と言って誠のベルトを緩める。

わかったと言っていながらベルトを外すというのはどういうことなのか。呆気に取られている隙に前を開かれ、ボクサーパンツの上から性器の形を指でなぞられる。竿（さお）の根元、陰嚢のはじまりを指でつつかれると、じぃんと腰が痺れるほどの甘さが浮き上がった。

他人の手で扱かれたことはない。自分でしかしたことがない。だから、裕貴の愛撫は予測不可能だ。指がどう動くのか、どう跳ねるのか、どう摑んでくるのかまったくわからない。息を詰めていると、裕貴は誠に頰擦りしながらボクサーパンツの中に手を差し込み、先走りで濡れた先端をくちゅくちゅと輪っかにした指で緩く扱く。

「あ、……っ、あ、いや、だ、やめ……ろ……」

死にたいほど情けない声を漏らし、誠はきつく瞼を閉じた。腹が立つ。腹が立つ。運命の番だかなんだか知らないが、アルファに触られてこんな声を出すなんて。所詮（しょせん）、自分は淫猥なオメガでしかないのだ。そう認めることが死ぬほど悔しい。

「そういう声なのか……いいな。もっと聞かせてくれ」

高校三年生に深夜のパーキングエリアで喘がされるなんて屈辱の極みなのに、いったん出てしまった声は止まらない。はあはあと荒く息を吐き出し、剝き出しにされたペニスを扱かれる心地好さに溺(おぼ)れた。

裕貴の手は大きく、骨っぽい。竿全体に絡みつく長い指に射精させられてしまいそうで焦(あせ)る。ここでひとりイかされてたまるか。どうにか目の前の厚みのある身体を押しのけようとすると、逆に手を摑まれて彼の股間にあてがわされた。

愕然とするどころではない。自分にも触れというのか。

「お互いにしようぜ。おまえに触りながらイきたい」

その声はせつなげに掠れていて、誠に触れてほしがっているのがありありと伝わってくる。

上背があって迫力も十分だ。高校三年生のくせして五千万円以上もするランボルギーニを運転するのに、いまは誠から目が離せないらしい。

「……頼む」

どこか必死な声で言われると断れないのが誠の性格だ。むかつくけれど、自分だってこころの底では彼の物がどんな熱さなのか確かめてみたいと思っていた。初めて触る他人の性器。ぞわぞわとうなじの産毛を逆立てながら、「……しょうがねえな」と舌打ちしつつ、おずおずと盛り上がった部分を擦る。

「……ッ」

布越しのもどかしい愛撫がたまらないようだ。裕貴は誠の髪を片手でぐしゃりとかき回したあと、自分からジーンズのジッパーを下ろし、完勃ちしている雄を剝き出しにした。そのカリの大きさに怯(ひる)んでしまう。竿も長いし、ぐぐっと根元から勃ち上がり、濃い繁みが巻き付いていた。

これでアルファもオメガもベータも、女も男も泣かせ放題かよ。

腹立ち紛れにくびれをぎゅっと握ると、「って」と裕貴が顔をしかめるが、構わない。摑んだ勢いのままにぎこちなく先端を握ったり緩めたりしていると、熱いしずくが漏れ出してくるのがわかる。

「……もっとこう、下のほうから扱いてくれ」

「注文が多い奴だな。でけえんだよ、てめえの」

「よく言われる」

やっぱりそうなのかよと腹が立つ。そう簡単に他人と寝るのか。こっちは三か月ごとの発情期を必死に乗り越えているのに。きっと、裕貴たちのようなアルファにとってセックスとはゲームの一種だ。ただ己の欲を発散させるため、気になった相手を落とすためだけの。でも自分にとっては本能に根ざした強い衝動だ。達しなければ死んでしまうほどの飢餓感に襲われ、何度も抜いて、疲れ果てた頃に泥のように眠り、また身体の中に熱が溜まって目を覚ます。

欲しくて欲しくて、気が狂いそうな思いでいることを裕貴は理解できるだろうか。なにもかも投げ捨ててたった一度でもいい、自分の手で得る浅い快感ではなく、想像を超えた本物の絶頂を味わいたい。自慰ではどうしても燃え尽きられないのだ。だけど、はぐれ者のように誰彼構わず寝たいとも思わない。それこそ、妊娠しやすいオメガのことだ。父親が誰かわからない可哀想な子を孕(はら)んでしまう恐れがある。

複雑な思いに駆られながらぬちゅぬちゅと裕貴の雄芯を扱くと、彼も大胆な手つきで触れてきた。まず、誠のバイカージーンズを下着ごと膝まで引き下ろし、あらわにした尻を両手で撫で回しながら、もう一度前に触れてくる。

「うしろの経験は？」

「……ねえよ」

「一度も？」

「ねえって言ってんだろ、悪(わり)ぃか」

熱く潤(うる)んだ目元でぎりっと睨んでも迫力に欠けることはわかっている。裕貴は顔をほころばせ、「マジかよ」と囁(ささや)いて耳たぶを囓ってきた。

「だったら俺を最初の男にしてくれ。絶対に泣かせたりしない」

「そういう――のは、……他の、奴に……言え」

言い合いながらも互いのペニスを擦り立て、亀頭を触れ合わせた。亀頭の裏と裏が重なってぐしゅりと擦れると、凄まじい快感がほとばしり、「あ、あ」と誠は喉をのけぞらせて泣きそうになる。こんなのは初めてだ。

自分で弄りすぎると痛くなるだけの裏筋が同じ男の裕貴の物で淫猥に擦られて、息ができない。悦くて悦くて、死んでしまいそうだ。

互いの性器をまとめて裕貴が根元から大きくぬちゅりと擦り上げ、たまらずに誠は喘ぎながら白濁を散らした。

「――あ、っ……！」

キィン、と頭の中に冷たい絶頂感が走り抜けるのも、堪えても堪えても精液が噴き出すのも初めてだ。

すぐに裕貴も反り返る雄芯からどくんと強めに射精してくる。互いの精液を握り込むように、ふたりでそこを固く手のひらで覆った。

自慰だったら達した直後にあっさり醒めるのに、これは違う。身体の芯から燃え滾っていて、もう一度指が触れたらまた達してしまいそうだ。

それを見抜いたのか。裕貴が竿を握りながらくちづけてくる。どろりと溶けていく意識の中で誠も舌を搦め捕り、つたなく吸い上げた。互いの唾液を交換する間にも性器はびくびくと震えて精液を溢れさせ、青臭い匂いを個室内に広げていく。

「——っは……ぁ……っ……」

「っんだよ、これ……誠、悦すぎじゃねえのか……」

「知るか、……たぶんヒートが近いんだよ」

嘘だ。三か月ごとの発情期はつい一か月ほど前に終わったばかりで、これでしばらくは真面目に仕事と母の世話に打ち込めると安堵したばかりなのに。

腰から下に力が入らなくてずるずると壁にすがって崩れ落ちる誠を、慌てて裕貴が支えて便器に座らせ、そっと扉を開けて外の様子を窺ってから「待ってろ」と出ていった。

すぐに戻ってきた彼は、右手にトイレットペーパーを大量に巻き付けている。どうやら隣の個室から拝借してきたようだ。

それを見たらなんだか緊張の糸が途切れてふと笑ってしまう。便器に座って足を投げ出している誠のそこを裕貴は丁寧に拭き取り、まだ硬さを残した己もなんとか収めていた。

ジリッとジッパーが噛む金属音を耳にしながら目を転じると、裕貴がちょっとつらそうな顔で下肢をなだめ、ジッパーの上を叩いている。

ここで終わらなくたっていいのに。

もっとしてもいいのに。

そんなことを思う自分が不思議でならなかった。確かにこの身体は快感を欲しがり、定期的に疼く。けれど、イージーなセックスは身もこころも削るだけなうえにリスクが高い。だから、誠はいままで過剰なまでに自衛してきた。誰にも触らないし、触らせない。一生童貞だっていい。自分の指しか知らないオメガでいい。他人の生暖かい体液を浴びせられるところを想像しただけでぞっとするはずだったのに——いまは違う、もうなにもかも違う。

裕貴に触れられたくちびる、腰骨、そして性器がまだ熱く疼いていた。全身燃え立つようだった。胸もずきずきするし、認めたくはないがうしろも変にひくついている。たぶん、それは自分ではもうどうやっても鎮められない疼きなのだろう。ビジホでバイブを突っ込んでいれば、もう少し違ったのだろうか。

慣れているような顔が、できただろうか。

はぁ、と息を吐き出してトイレの壁に後頭部を押し当てる。

「まだ立てないか」

「……無理だ」

くすりと笑う裕貴は再び誠を個室に残して外に出ていく。用心のために内側から鍵をかけてなんとか呼吸を整えていると、一、二分もしないうちに扉をノックされた。

開けてやると、ミネラルウォーターのペットボトルを二本手にした裕貴が入ってきた。それからジーンズのヒップポケットから薄い二つ折りの財布を取り出し、中からちいさな薄べったい粉袋をつまみ上げる。

「飲め」

「……なんだこれ。ドラッグだったら絶対にお断りだ」

「違う。うちのかかりつけの医師からもらった抑制剤だ。特別調合されているからわりとすぐに効く。おまえをこのまま帰らせるわけにもいかないし、ここで最後までやるわけにもいかないだろ」

懐疑的な目で裕貴を見上げたが、身体の火照(ほて)りは治まらないどころか、前以上に暴走しそうだ。ここまで来たら、毒を食らわば皿まで。正体不明の粉薬を受け取って封を切り、渡された水と一緒に嚥下(えんげ)した。

裕貴の言葉に嘘はなかったようだ。目を閉じて数分もしないうちに激しく跳ね続けていた鼓動が少しずつなめらかな調子を取り戻し、指先の震えも治まってくる。ただ、喉の渇(かわ)きがひどかったので、そのままペットボトルのミネラルウォーターを丸々飲み干した。

まだ、あたりには濃い精液の匂いが漂っている。そのことに羞恥を覚えながらうつむいていると、くしゃりと髪を指でかき混ぜられた。

「無理させたか」

「聞くまでもねえだろ」

「ほんとうはもっとしたかった。最後の最後まで俺の物にしたかった。……でもま、ここ、パーキングエリアだしな。運命の番との最初のセックスがアオカンってのもなんだし」

「……勝手に言ってろ」

もう一本ミネラルウォーターをもらい、今度はゆっくりと飲んでいく。やっと頭が冷えてきて、ついいましがた、裕貴としでかしたことを逐一反芻(はんすう)して顔から火が出そうだ。

逆上しそうな誠に気づいたのかどうだか知らないが、裕貴はスマートフォンを取り出す。

「連絡先、教えてくれ」

「……興信所使ったんだろ」

「おまえのプライベートナンバーはおまえの口から聞きたい」

ふざけたことを言うな。

金に物を言わせてここまでしておいて、ひとを深夜のパーキングエリアで骨抜きにしやがって、なにが連絡先を教えろだ。

けれども、なじる言葉は舌の上で蕩けて消え、冷たい水と一緒に胃の中へと流れ込んでいく。

あんなことをしたばかりなのに堂々としている裕貴を睨みながら、誠もスマートフォンをライダースジャケットの内ポケットから取り出して、互いにＳＮＳのアドレスを交換し合った。

「送ろうか？」

ようやく立てるようになった頃、裕貴に言われて「いらねえよ」と切って捨てた。バイクをここに残していくわけにはいかない。多少よろけようが自力で帰らなければ。

「また明日連絡する」

「おまえと違ってこっちは忙しいんだよ。ガキは帰ってクソして寝ろ」

「ひっでえの。さっきあんなに色っぽく喘いでたのによ」

くくっと笑い、裕貴はそれでも誠のプライドを優先してくれたのか、背中を見せて手を振り、先にランボルギーニに乗って走り去っていった。

誠も愛車に近づき、細かな傷が浮かぶボディをさすってキーを挿す。

「……兄貴……俺はどうすりゃいいんだよ……」

ひとり呟く声はちょうどパーキングエリアに入ってきた大型トラックのエンジン音にかき消された。誠はひとつ息を吐いて大きく足を振り上げエンジンを始動させ、ハーレーに跨がる。いつもだったらがっしりと跨ぐことで安堵感を得られるはずなのに、今夜はどうにも落ち着かなかった。

跨ぎたい相手がいるのかもな。

自分らしくもない下卑た考えに苦く笑って、誠はスタンドを蹴った。


家に戻ると、質素な部屋にちいさな灯りが点いていた。

「母さん、ただいま。寝られなかったのか」

「おかえりなさい。違うの、昔好きだった本を読み直していたらおもしろくて夢中になっちゃって」

薄い布団から身体を起こそうとする母を止め、枕元に置かれた安物のデジタル時計を見るともう午前三時半だ。いつもの有希子ならとっくに眠っているはずなのに。誠の身を案じて、いままで無理して起きていたのだろう。

「ごめん、……帰り際に仲間に相談、持ちかけられてさ」

「そうだったの。遅くまでお疲れさま。お風呂、どうする？　私はもう先にすませたから大丈夫よ」

「じゃ、シャワーだけ浴びてくる」

タオルケットを有希子の身体にかけ直して、誠は急いで浴室に飛び込んだ。ボディソープで身体中を泡立て、汗や匂い、体液の名残を洗い流していく。そのことを少し惜しいと感じる自分がいる。

裕貴はこの身体に触れてきた。自分だけではけっして得られない絶頂に導いてくれた。互いの竿をとろとろと精液が流れ合っていたのはついさっきのことだ。

思い出すとまた発情しそうだから、ぶるっと頭を振って冷たい水を浴び、ようやくすっきりしたところで外に出る。洗い古してはいるが清潔なTシャツと下着、ハーフパンツに着替え、急いで母の隣に布団を敷く。

豆電球を点けたまま、古い文庫本を手にして横向きになった有希子はすうすうと寝息を立てていた。

誠が帰ってきたことで安心したのだろう。その落ち着いたやさしい寝顔を見つめているうちに熱情は鎮まり、満ち足りていくような澄んだ愛情だけが浮かんでくる。

母を心配させることだけはしたくない。なにがあっても、有希子だけは守る。たとえこの身を挺してでも。

傍らに身を横たえ、誠は電灯のスイッチ紐を引っ張って室内を暗くする。カーテンの隙間から射し込んでくる外灯が薄ぼんやりと室内を照らしていた。

煤けた天井。端から端まで目で追える。起き上がって数歩歩けば外に出られるほどの狭い部屋に親子ふたりが身を寄せ合って暮らしている。

いま頃、裕貴も家に帰っただろうか。風が吹けば飛んでしまいそうなこんな安アパートとは桁違いの見たこともない豪邸に赤いランボルギーニで乗り付け、車を降りた瞬間に自分のことなど忘れているんじゃないだろうか。

熱いシャワーを浴びて、広いベッドに身を投げ出す頃には今日のことなんか綺麗さっぱり忘れている。それでいいし、それで正しいと思う。誰でもなんでも、たとえ運命でも選び放題のアルファらしい傲慢（ごうまん）さがきっと裕貴にはある。そしてまた明日、べつの目新しい誰かを探し求めて追いかけていくはずだ。

そう信じて、突き放したい。いっそ、最悪の男だったらよかったのにと誠は寝返りを打つ。

俺の人生に入ってくるな。関わるな。

いま、言えるものなら言いたい。

だけど、わかっている。今夜、仕事帰りにあの辰巳第一パーキングエリアに立ち寄ったときから——肩を摑まれてトイレの個室に押し込まれたときから、裕貴はこの胸に棲み始めたのだ。

これは、なんなのだろう。これがもし恋だというならあまりに浅はかで笑ってしまう。ただ性欲を解消したあとの感傷に浸っているだけじゃないかとすら思う。では、裕貴の言うとおりほんとうに自分たちは運命の番なのか。それを示すような目に見える証拠はなにもない。ただ、裕貴を目にするたび動悸がひどくなるし、全身に汗が噴き出す。目元が潤むのがわかる。いつもだったら腹の底から出る声が喉の奥で引っかかり、か細くなるほどの圧倒的な感覚に気圧(けお)され、誠は二の腕で瞼を覆う。

叫び出したいのに、声が出ない。

だいたい、なにを叫べばいいのだろう。

「……裕、貴」

薄闇の中で、ちいさくちいさく呟く。隣の母を起こさぬよう、一度だけ。

その名前が胸の真ん中に熱を宿す。鋭い刺(とげ)のように心臓に埋まり、ずきずきと痛みをもたらすのだが、嫌ではない。

裕貴、裕貴、裕貴。

胸の裡で繰り返すたびにまた身体の芯が熱くなっていく。身体中のスイッチがおかしくなってしまったみたいで、自分でもどうしていいかわからない。

起きたらまた仕事だ。少しでも身体を休めなければ。

だけど、眠れそうになかった。一時間でも、三十分でもいいから寝たほうがいいとわかっているのだが、いまはただぼんやりとあの男のことを夢想していたかった。

宮島裕貴という、胸の真ん中に入ってきたとびきり上等なアルファのことを。

裕貴の件がなければ日々は平穏に、単調に過ぎていったことだろう。

どう考えてもモテる男だろうにまめな性格らしく、日に三度はＳＮＳからメッセージを送ってきた。

内容は他愛ないことばかりだ。

昼飯はなにを食っただの、授業がかったるいだの、眠いだの。

アホかと思うようなメッセージばかりで最初は無視していたが、裕貴は懲りない性格らしい。誠から返事がなくてもとにかくなにか書いてよこしてくる。そして、絶対に一日一回は、『今日は会えないか』と訊ねてきた。オメガのフェロモンに酔っているだけだろうと薄笑いして受け流していたが、裕貴もしつこい。

辰巳第一パーキングエリアで一時的な熱を分け合って一週間後の午後、直接電話をかけてきた。たまたま誠は休憩中だったので、バックヤードで賞味期限が一時間前に切れたばかりで、ただでもらったサラダと焼きそばパンを機械的に口に運びながらテレビを観ていたところだった。午後三時過ぎのワイドショーは結構賑やかだ。芸能人のおしどり夫婦の離婚に人気アイドルの熱愛発覚、はたまた事務所とのトラブルもあった、政治家の汚職は当たり前のように報道され、昨日新宿で起きたビル火災の話題も盛り込まれていた。次々に流れてくるニュースをなんとはなしに見ながら焼きそばパンを咀嚼していたら、事務机に放り出していたスマートフォンが鳴り出した。

液晶画面を見ると、「宮島裕貴」とある。

無視しよう。いつもの癖でそう思う。一定回数鳴ったスマホは静かになったものの、一分もしないうちにまたかかってきた。

今度も無視だ。こっちはこのあとも夜まで仕事だ。貴重な休み時間を邪魔されてたまるか。

なのに裕貴は三度目、四度目と鳴らしてきて、頭に来た誠は五度目の呼び出しで「うるせえんだよ！」と怒鳴って電話に出た。

『あ、やっと出た』

「やっと出たじゃねえ、こっちは休憩中なんだよ。なんの用だ！」

『なんだよ、おっかねえな。用事がなきゃ電話しちゃだめなのか？ 声聞きたかったんだけど。仕事お疲れさん』

……脱力した。なんだろう、この変な間合いは。先日触れ合ったときは怖いほどの雄の顔をして攻め込んできたくせに、いま、電話の向こうから聞こえるのは確かに若さのほとばしる高校三年生の男の声だ。

楽しげで、嬉しそうに弾む声を聞くと胸の奥がきゅっと甘く引き攣れる。間違いなく、彼は誠が電話に出たことを喜んでいるのだ。声が聞けて嬉しいというのも本音なのだろう。

なんにでも恵まれたアルファに生まれると、ひとを疑うことを知らずに育つのだろうか。誰からも愛されてきた裕貴の声はまっすぐ胸に届き、いまの誠にはまばゆく、少し羨ましくも思える。

羨ましいという感情は誠にとって厄介なものだった。

そもそもオメガだと判明したときから、人生のほとんどはヒートの管理に振り回されることになったのだ。抑制剤をきちんと服用し、それでもフェロモンが溢れ出て他人の好奇な目を惹くようであれば、致し方なく黒い抑制ベルトを首に巻くこともあった。『私はオメガです』とみずから告白しているようなベルトには微弱で特殊な電流が流れ、オメガのフェロモンを安定化させる働きを持っている。だが、たいていのオメガはこのベルトを嫌がった。それも無理はないだろう。冬場ならタートルネックのセーターなんかで隠せるが、夏場は無理だ。レジに立っているとき、会社勤めらしきサラリーマンのネクタイの隙間からちらりとこの抑制ベルトが見えることがあったりすると、――こいつも必死なんだなとそっと胸の裡で同情する。

見知らぬオメガ同士でも声をかけ合って万が一の際に備えましょう――半年だけいた保護施設で教わった言葉だが、たぶん、誰も頷いていなかったように思う。もちろん、誠も。

オメガは、いわば毒だ。毒同士が寄り添ったらどんな悲劇を招くか。だから皆、黙って口を閉ざし、抑制剤を飲んで自分の殻に閉じこもる。中には、そうした環境に疲れ果てて壊れてしまうオメガもいて、たまに誠の住む錦糸町でも駅前のベンチにそれらしき人物が茫然と座っていることがあった。首に黒いベルトが巻かれていても役目を果たしていないようで、誰かに連れ去られるか、駅前の交番から警官が重い腰を上げることもある。

そうなったオメガの末路は誰も知らないし、誠も知りたくない。いずれ訪れるかもしれない自分の未来をそこに重ね合わせるからだ。噂によると、精神を病んだオメガは最終的に都心から離れた郊外にある地下施設に送られ、さまざまな実験と手術を繰り返された最後にひっそり埋葬されるのだとか。まだ身体が魅力的に使えるオメガだと富裕層に売り飛ばされて、彼らの狂った肉欲を満足させる道具にさせられてしまうのだとか。スマホで「オメガ　末路」で検索するとこういった噂があちこちで飛び交っている。

運命の番であるアルファと結ばれて子どもを宿し、しあわせに暮らすオメガなんてほんとうにこの世にいるのだろうか。政府や関係機関が作り上げたていのいいデマではないのか。

『――誠、誠？　おい、どうした。電話切れちまったのか』

電話の向こうから流れ出てきた心配そうな声にはっと現実に引き戻され、誠は深くため息をつき、「……なんだよ」とか細い声を漏らす。

『休憩中に悪ぃな。ちょっと声が聞きたかっただけなんだ。詳しいことはあとでメッセージで送る』

「最初からそうしろ」

冷ややかに言い捨てると、裕貴はちょっと拗ねた声で『冷てえの』と言う。

『おまえは俺に会いたくないのかよ。ちっとも？　これっぽっちも？』

「――は」

いまもっとも羨ましいと思っている相手からこんなことを言われて、「俺だって会いたいと思ってる」と言えるほど能天気にできていない。

だから誠は努めて義務的に返事し、「またな」と言って電話を切った。

またな、と言えるほどの相手に出会ったこと自体、初めてなのに。兄貴分の秋留とはいつも、『じゃあな』と言い合っていた。アパートの隣室に住んでいたこともあって毎日顔を合わせていたし、『またな』という言葉に込められたある種の距離感と期待感とはまた違う安心感が『じゃあな』にはあった。

そうしたことをあらためて意識せず、裕貴との短い会話を終えた誠は急いで焼きそばパンとサラダを食べ終え、ぬるくなったミネラルウォーターを流し込む。昼休憩はいつもこんな感じだ。廃棄寸前の弁当をもらって食べ、空腹を満たしたらパイプ椅子をふたつ並べて横になる。朝番、遅番を厭わずに忙しなく立ち働く誠だから、店側もいまのところは重宝してくれている。店長候補といっても時給に少し色がつくぐらいだが、ないよりは助かる。

最近、しんどい。

この若さで言いたくないが、働き尽くめで身体は悲鳴を上げているし、家に戻れば戻ったで有希子を気遣う自分がいる。

たとえ、コンビニのバックヤードでもひとりきりになれる時間は貴重だった。耳に安物のイヤホンを押し込み、ボリュームを低くしてスマホから好きな音楽を流す。

好きなジャンルはとくにないが、洋楽はよく聴く。学がないのでなにを歌っているのかおおまかにしかわからないが、自分でもわかる日本語で愛だの恋だの未来だのと手に入らないものばかり歌われてもこころがささくれるばかりだ。だから、洋楽。たまにクラシックも。ヒート中で神経がひりひりしているときは穏やかなピアノソングを聴くようにしていた。過剰なビートはこの身体の中にあるから、外からわざわざ入れる必要はない。ただ、静けさが欲しい。

だけどオメガに生まれついた以上、この先も一生ヒートに脅かされ、神経がざわつく運命だ。

休憩の残り時間、スマホは鳴らなかった。あとでメッセージを送ると言っていた裕貴の気まぐれなのか、それとも。

短い眠りに身体を丸め、誠は深い呼吸を繰り返していた。無機質な黒のパイプ椅子の上で、つかの間なにもかもから解き放たれていた。

六月も終わろうとしている梅雨の晴れ間、誠は内心うろたえながら裕貴の傍らに立ち尽くしていた。何度もしつこく電話やＳＮＳで誘われて、都心にある彼が通う高校に来たのだが、なんなのだ、この異様な華やかさは。

「……なんだこれ」

「ん？　文化祭」

「文化祭って秋じゃないのか？　芸術の秋とか言うだろ」

「うちはこの時期にやるんだよ。夏以降は受験の準備があるしな」

目の前には大きな大きな白いアーチ。優美な鉄柵の門を飾る色とりどりの花々は恐ろしいことに生花のようだ。普通の公立高校なら紙で作る花なのに、さすが若干十八歳でランボルギーニを操る男が通う学校はひと味もふた味も違う。

そういえば、裕貴のプライベートはほとんど知らないことにいまさら気づいた。

一週間前ぐらいから繰り返し「会いたい」と誘われ、あまりのしつこさに負けて了承したところ、「土曜の朝十時頃から会いたい」と言われたのだ。「夜の十時じゃないのか」と訊き直したら、「朝の十時。だめか？　やっぱり忙しいか？」とやけに寂しそうに請われたので、最終的には折れた。あれは芝居だったといまでも思うのだが。

　まあその日は休みだったし、とくに用事もなかった。有希子の体調はここのところ安定していて、昼間は起きてこつこつと内職に精を出したり、楽しそうに本を読んだりしていた。誠が家にいる時間帯は一緒にテレビを観て、クイズ番組で答えを考え合うひとときもあった。ささやかでもしあわせな時間の中、「土曜、出かけてもいいか」と母に訊くと、「どうぞどうぞ」と笑顔が返ってきた。

「どこに行く予定？」

「なんか知らねえけど、……ダチに誘われてるんだ」

「友だち？」

　誠の口からつっと出た言葉に有希子は素直に驚いていた。それもそうだろう。コンビニの仕事仲間だって家に連れてきたことは一度もない。過去、親しかったのは亡くなった秋留だけだ。

　有希子はぱあっと顔を輝かせ、「行ってらっしゃい」と送り出してくれた。

　それで今日、裕貴の隣にいるわけだが、最寄り駅だけを教えられたので、なにをするのか、どこに行くのか詳しいことは聞いていなかったのだ。ただ、都心でもこのあたりは小中高大と名門校が名を連ねる場所だ。ブロンドアッシュでシルバーのピアスをこれでもかと目立たせた自分など浮くだけだろうと思っていたけれど、予想以上に誠は人目を惹いた。

錦糸町という下町から、世田谷の閑静な住宅街の一角にぽんと出てきたうえに、隣には制服を粋に着崩した裕貴が立っている。

「宮島会長、おはようございます！　もうどこも準備バッチリですよ」

「よし、いい一日になりそうだな」

「これが宮島会長の最後のお仕事かぁ……」

あちこちから男子生徒たちが集まってきて、裕貴を取り囲む。皆、憧憬の目を裕貴に向ける次に、おそるおそる誠を見やる。このお坊ちゃんたちは誠の眼光の鋭さと六月でもライダースジャケット、ジーンズという出で立ちに皆びびっているらしい。そろいもそろって、アルファか金のあるベータの子息だろう。

ちょっといい気分になってあたりを見回し、「案内しろよ」と顎をしゃくる。

「金持ちの祭りを見せたくて連れてきたんだろ。五分で帰るからな」

「せっかく来てくれたんだから目いっぱいもてなすって。うちの文化祭、結構評判がいいんだぞ。とくに俺が生徒会長になってから」

「おまえが？　生徒会長……？　『ソリッド』の頭もやってんのに生徒会長までやってんのか。暇人か？」

「しー。一応、『ソリッド』のことは校内では内緒だ」

にこりと笑って裕貴はひと差し指をくちびるの前に立てる。その仕草には邪気がなくて、いかにも育ちがいい奴だけに備わるやさしさがあった。

「あんだけ派手な車を乗り回しておいてなにが内緒だ。どうせバレバレだろ」

裕貴をひと睨みして、誠はさっさと歩き出した。今日はハーレーは家に置いてきた。行く先がわからなかったので、面倒なのだが地元から電車を乗り継いできたのだ。あのバイクは亡き秋留から受け継いだ彼の魂そのものだ。まかり間違って誰かに傷でもつけられようものなら即座に殴り倒すだろう。

その気持ちはきっと傍らの裕貴にも伝わったのだろう。早足の誠に追いついて軽く肘を摑み、「ありがとな」と囁いてくる。

「せっかくの休みに来てくれてサンキュ。一度は俺のホームフィールドに招きたかったんだ」

「なんの目的で」

「俺をもっと知ってもらうためだろ。俺を運命の番と認めてもらうためだ。夜中の首都高だけじゃわからないことがたくさんあるもんな、誠」

そう言って、裕貴は誠の肩を抱き寄せる。

まるで無二の親友にする仕草に周囲の生徒たちはどよめき、ふたりのために道を開けてくれた。

裕貴の言葉どおり、文化祭は盛り上がっている。大勢の生徒、その家族、友人。昨日までずっと雨続きだったのに今日のために空は晴れたようなもので、これから本格的に訪れる夏を思わせる真っ白な雲がぽかりと頭上に浮かんでいた。

堂々とそびえ立つ白亜（はくあ）の校舎に足を踏み入れると、中は意外にもアットホームな雰囲気だった。あちこちにカラフルな風船が飾られ、「二年A組お化け屋敷、やってまーす！」だとか、「一年C組と三年C組の合同執事（しつじ）喫茶はこちらです」だとか、普通の公立高校とあまり変わらない。たまに、「ロシア革命について語り合いましょう！」とか、「現代の宗教に置ける役割について展示しています」という呼び声が聞こえてくるのはさすが名門校なのか。よくわからないまま裕貴についていき、途中でフランクフルトと焼きそばを食べさせてもらった。

「会長、美味しくできてます？」

「ん、これならぜんぜんOKだろ。旨（うま）い」

「やったー！」

校舎内をひと回りしてから広い中庭に出て、屋台で焼きそばと奮闘していた一年生らしい男子高校生たちに裕貴が声をかけると皆、大喜びだ。まるで女子高生みたいなノリにちょっと笑ってしまう。

ふと笑った口元を裕貴は見逃さなかったようだ。「ほら」と焼きそばが載ったトレイを渡してきたので、自然とトレイと箸を受け取り、ひと口食べてみる。作りたてというところも大きいが、美味しい。「焼きそば百円」と書かれた手描きの楽しいポスターに目をやり、「百円じゃもったいないな」と思わず呟くと、学生たちは一様に目を瞠り、急に真っ赤になった。裕貴の隣にいた誠にいまさら気づいたわけでもないだろう。そもそも、屋台の前にふたりで現れたときからなにやらひそひそ話していたぐらいだ。

オメガだということがバレたか。もしかしてフェロモンが出ているのか。

一瞬危ぶんだ誠に、学生たちは満面の笑みを浮かべて「ありがとうございます！」と深く頭を下げてきた。

「会長のお友だちに褒めてもらえた……！」

「焼きそば作ってよかったなぁ……」

大げさなんだよおまえら、と吹き出しそうだ。お友だち、と来るところがさすがは都内屈指のボンボン高だ。

「ここ、オメガはいないのか」

「残念ながらな」

焼きそばを食べ終えたあとはぶらぶらと中庭を歩き、途中でクリームソーダを買ってベンチに腰掛けることにした。

選ばれたアルファと裕福なベータしかいない学校だから、もっとお高くとまっているかと思っていた。ライダースジャケットを着たいかにもヤンキーな誠を目にしたら、さっと冷たい笑顔を見せるのではないかと。

だが、誰もそんなことはしない。確かに好奇の目線は感じるが、それはこの学校の生徒会長である裕貴が連れをともなっているから、という一点にあるらしい。中には誠のじゃらっとしたピアスに怖々とした視線を向けてくる者もいたが、それぐらいどうってことない。むしろ想定内だ。

「どうだ、うちの学校」

「……思ってたより」

いいじゃんと言おうかと口を開きかけたものの直前で思い直し、「フッー」とつけ加えた。

「普通か、よかった」

誠の言葉に、裕貴が破顔一笑（はがんいっしょう）する意味がわからない。ここは財力とコネがあれば入れるバカ高校とは違う。本物の知力と体力がなければ入れないハイレベルな高校だ。それを普通と言われて嬉しがるとはどういうことだ。

「これでもさ、俺が入学してすぐの頃はかなり閉鎖的な空気で、世界はひと握りのアルファによって動いてるんだって信じてる奴ばっかりだった。ベータはお追従（ついしょう）しか言わねえし、学校の外にいるオメガに至っちゃ目の端にも入ってないレベルだったよ。文化祭だって、身内だけの自慢合戦的なお祭りに過ぎなかった」

ベンチに深く背を預け、青空を見上げる裕貴が呟く。

「そういうの、俺嫌いなんだよな。排他的な感じ」

「……だから？」

「だから、変えたかった」

ぽつりとした声が、空に吸い込まれていく。

「自分がいまいる場所が窮屈なら殻を破ればいい。外にはもっといい空気が流れてるんだって皆に知らせたかった。そういうの、俺、ちゃんとできてるって思うか？」

急になにを言い出すのか。彼の横顔を見つめると、ベンチの縁に頭をもたせかけた裕貴が笑いかけてくる。

「――最初におまえに出会ったとき、この学校に入ったときの感覚を思い出した。ガチガチに固くて、息苦しいのに、どこにも出口が見当たらない感じ。だから夜になるとひとりでどこか遠いところに飛び出す。……俺もさ、おまえと同じだよ。確かにアルファだけど、感じていることはきっと似ている」

俺んちさ、と裕貴は空を見上げたままだ。喋(しゃべ)りたいらしいから、喋らせておこう。

「宮島百貨店、知ってるか」

「んなの誰でも知ってるだろ。めちゃくちゃ有名な百貨店じゃないか。俺には縁がないけど、銀座とか新宿にもある……もしかして、おまえ」

「そう。そこの跡取りなんだよ俺」

マジか。声が掠れる。本物の御曹司だ。

「……そんないいところの奴がなんで俺なんかと関わってんだよ」

言わずにはいられない。

この頑丈で堅牢に守られた美しい学校からわざわざ抜け出して、面倒なことしか待っていない外の世界に飛び出していきたいなんて、やっぱり金持ちの考えることはわからない。皮肉交じりに言おうと思ったのだが、声は喉の奥で引っかかる。

俺だって飛び出してきたじゃないか。オメガの保護施設から。あそこにいれば、とりあえず身の安全は保証されたはずだ。いまみたいに仕事仕事の毎日じゃなくて、福祉機関の言うことを聞いていれば母さんだってもっとちゃんといい病院に預けられたかもしれない。

でも。――だけど。

誠は自分から安全な柵を壊し、檻の外へと出てきた。ただただ、自分のしたいように息がしたかったからだ。そして、やりたいように母を守りたかったからだ。

その先で、裕貴と出会ったのはほんとうに運命だからなのか。番というのは、こうしてめぐり

会うものなのか。

「ここに入って結構むちゃくちゃやったよ。堅苦しい風紀をまず崩すところから始めて、バンド活動なんかもやってひと集めて。毎日教師に怒られっぱなしだった」

「なんでまたそんなことしたんだ。おとなしくしてりゃおまえは約束された未来を歩めただろう？　だいたい生徒会長にもなれる器なんだ」

「約束された未来なんかつまんねえよ。百貨店の経営はおもしろそうだけど、なにもせずただその座を与えられるのは俺の性には合わない」

「とか言って『ソリッド』だって頭だろ」

「あれだって、渋谷や六本木一帯の面倒な奴らを苦労してまとめ上げたんだぜ。もちろん拳で」

「ホントかよ。おまえ……黙っててもひとがついてきそうなのに」

「お褒めの言葉ありがとう。誠がついてきてくれるならもうそれでいいんだけどな」

「やなこった」

　ふんと鼻で笑い飛ばし、青空のようなクリームソーダを美味しく飲み終えてベンチから立ち上がった。

　模擬店もひと回りしたし、生徒会長の裕貴のおかげでずいぶんといろんなものを食べさせてもらって腹も膨れた。

傍らを見下ろすと、裕貴は少しぼんやりしている。まだ話し足りないのだろうか。

「……べつに、俺は群れたいわけじゃないんだ。ただ、いまのままっていうのが嫌なんだ」

独り言のように呟く男を見下ろし、誠は肩を竦める。

「ないものねだりだよな、おまえ。恵まれすぎて感覚がおかしくなってんだよ」

「おかしい？　俺がか」

「自覚ねえのかよ。……普通さ、おまえの若さであんなランボルギーニは持てねえし、この学校だってそうだ。どう見たっていいところの坊ちゃんばかりに囲まれて、膿んでるんだろ。だから『ソリッド』なんてチーム組んで夜な夜な走り回ってるんだろ。いいよな、金と時間に余裕のある奴はよ」

自分で言っていて情けないが、本音だ。あまりに立場が違いすぎて、いささかつらい。足りないものがないから、めったに見かけないオメガという自分を目にしてめずらしがっているだけではないのかとも思う。

——ここで少し距離を置いたほうが……。

せつなく思いかけたとき、「なあ」と声がかかった。

「今日、楽しかったか？」

「……まあ、な。気分転換になった。俺、学校とは縁がなかったし」

「だったらさ、気遣いができるやさしい俺になんかお礼したくなんね？」

「は？　なに言ってんだてめえ」

いつもの調子で言い返してしまうが、胸がふと軽くなる。センチメンタルに浸るよりも、お互いにぽんぽん言い合える関係が心地好い。

「……礼か。なにしてほしいんだ」

「おまえのうしろ、乗れるか」

一瞬首をひねったが、ハーレーのことを指しているのだと思い当たり、「乗れないことは、……ないけど」と頷く。秋留の兄貴から受け継いだハーレーはタンデムができる仕様だ。秋留が生きていた頃は、誠もよくうしろに乗せてもらっていた。

「だったら、俺もメットを買うから、一度乗せてくれないか」

「いい車乗ってるだろ」

「バイクのうしろって乗ったことないんだよ。頼む、一度でいいからさ」

両手を合わせて拝むようにして言われてしまえば、「嫌だ」とは言いにくい。

「わかったよ。一度だけだからな。いつ行きたいんだ」

「じゃ、来週か再来週の日曜。湘南とかどうだ」

「マジかよ。海なんてそろそろ混みそうな時期だけどな。……まあいい、ちゃんとしたメット買っておけよ」

そう言うと、裕貴はひどく嬉しそうな顔で「ああ」と頷く。

アルファとオメガ。裕福と貧困。育ちの違い、教養の差。なにもかもが違う野良犬のような自分に裕貴はどうしてだか近づきたがる。

ほんとうに運命の番だから——というだけなのだとしたら、少し寂しい気がした。なんだか、そういうラベルを貼って、離れられないふたりに無理やり仕立て上げられてしまう感じなのだ。

自分の立場で恋とか愛とか余裕のあることは言えないとわかっている。でも、母を守りたいという愛情のように、自然と湧き出す感情を大切にしたかった。裕貴と目と目が合った瞬間、こころごと持っていかれたのはほんとうだ。だから、立場の垣根を越えていま、彼のホームフィールドにまで来ているのだ。

運命の番という言葉で簡単に結ばれることを自分に許してしまえばいいのに。

だけど、できることならこころから生まれる感情に従いたい。

楽しそうな顔でベンチを立った裕貴の隣をのろのろと歩き出す。

自分の胸の中に育ち始めているこの狂おしい感情に名前をつけるとしたら、なんなのだろう。

流れていく風をうしろに置いて、誠はぐっとアクセルを踏み込む。

「うわあー、スピード出るなぁ！」

耳元で楽しげな声が上がり、ぐっと厚みのある身体が押しつけられる。

文化祭から二週間後の日曜は梅雨が明けたばかりで、まばゆい青空が広がっている。

混雑を避けて朝早くに誠の自宅がある最寄り駅まで来てもらい、とにかくハーレーのうしろに裕貴を乗せて「しっかり摑まれよ」と言い含めてからスタンドを蹴った。

最初から、ぐん、と風を押しのける強い感覚に、余裕の姿勢でシートに座っていた裕貴は驚いたらしい。しっかりと四方を覆われた車では味わえない生の風を浴びて戦いていたようだが、慌ててすぐに誠にしがみついてきた。いまでは、逞しい両腿で遠慮なしにうしろから挟み込まれることが可笑しい反面、やや落ち着かない。同じ男でもやはり裕貴は骨が太い。今日のツーリングのために新調したらしい革のパンツはしっかり筋肉で盛り上がっているし、腰に巻き付く両腕も。うしろのシートのほうが高いので、肩のあたりに顎が押し当てられ、ときおり、すり、と猫が懐くように擦りつけられた。

最初に出会ったときから、明るい警戒心のない犬みたいな男だなと思っていたが、少しずつその内面を知っていくうちに、ちょっと猫っぽい気もしてきた。深夜、するりと枠に現れて澄まし顔で人目を惹くものの、内面は用心深く明かさない凜々しくて美しい猫。よく知っている相手にしか懐かない猫。裕貴を知れば知るほど、そんなイメージが浮かんでくる。

そんな猫に、いまの自分は信頼されているのだろうか。わざとハンドルを大きく切ったら間違いなく中央分離帯に激突して死ぬかもしれないのに、裕貴は安心したように背中に頭をもたせかけている。

「次のサービスエリアで休むか」

「だな。なんか飲もう」

途中、何度か休憩を取りながらも、午前中のうちに裕貴の希望どおりの湘南に着くことができた。学生の夏休みが始まる前なので、まだひとはまばらだ。犬を連れて散歩しているのは地元の人間だろう。チワワやプードルといった小型犬もいれば、ゴールデンレトリーバー、バーニーズマウンテンドッグという大型犬ものんびり砂浜を歩いている。

建ち並ぶ海の家もすべては開いていない。二軒ほど準備しているところがあるぐらいで、夏はこれからといったところだ。

午前九時半、海沿いの駐車場にバイクを停めて、きちんと車体のバランスを取ったところでまずうしろの裕貴に降りてもらった。それから自分だ。ヘルメットを外すと、爽(さわ)やかな潮の香りが鼻孔をくすぐり、髪を揺らす。

目の前は、まばゆい太陽が降り注ぐ海だ。沖縄のような青い海とはいかないが、早い時間帯らしいまぶしい光が広々とした海面を弾いて目を奪う。

　隣に立った裕貴が深々と息を吸い込んでいた。

「すっげ……最高だなぁ……誠、ありがとな」

「べつに。そんなに遠くないし」

　なんとなく素直になれないのは、ついさっきまで力いっぱいしがみつかれていたからだろう。それがバイクから降りたとたん身体を縛り付ける熱がなくなってしまって、なんだか途方に暮れる。

　ふたりで砂浜に続く階段をゆっくりと下り、いちばん下でブーツ、靴下を脱ぎ、バイカーパンツの裾(すそ)もまくり上げる。それからさくさくと波打ち際に近づくと、まだひんやりしている水が足の裏をくすぐる。そのまま突っ立っていると、繰り返し打ち寄せる波が足下の砂をさらい、足元をふらつかせるので、互いに肩を寄せ合う形になった。

　ふふ、と子どもみたいに笑う裕貴に釣られて口元をほころばせた。

「海なんて久しぶりだ」

「ああ、俺も」

「じゃ、こういう定番もやっておくか。……よっ！」

すかさずしゃがみ込んだ裕貴が手のひらで海水をすくい、軽く浴びせてくる。それをまともに顔面に食らい、誠は一瞬茫然としたが、すぐに自分もかがんで両手いっぱいに海水を溜めて「おら！」と振りかぶった。

「うわ、おまえやりすぎ！」

「そっちが先にやったんだろ。反応悪ぃぞ生徒会長」

「人間、担がれ続けると勘が鈍るんだよ……食らえ！」

互いに、バカみたいに水を浴びせ合う。太陽はゆっくりと海を温めてくれて、しだいに肌も汗ばんできた。

そばを通り過ぎていく犬の散歩中の女性が誠たちを見てくすりと笑う。いい年をした自分たちの幼稚な振る舞いにいまさらながらに気づいて顔を見合わせ、苦笑する。だいぶ気分が解れて砂浜に戻ると、「ちょっと待ってろ」と裕貴が離れていった。

誠はそのまま浜に腰を下ろし、ライダースジャケットを脱いで腰に巻く。思い直して頭の下に敷いて寝転び、そのまま目を閉じた。

瞼を閉じてもきらきらした海が見えるようだった。

こんな朝から太陽を浴びるなんて、ほんとうに久しぶりだ。いつも、二十四時間蛍光灯が点いているコンビニで忙しなく働いているから、体内時計が狂っている感じがするのだが、いまやっとまともになれた気がする。

「お待たせ。ほらよ」

深呼吸を繰り返していると、頬に冷たい物が当たった。ゆったり目を開ければ、裕貴が笑いながら缶コーヒーを差し出していた。

「悪ぃな」

誠は起き上がってありがたく受け取り、プルタブを引き起こしてよく冷えたコーヒーをひと口。

ふと視線に気づいて隣を見ると、物欲しげな顔で裕貴がこちらを見ている。

「なんだよ」

「いや、俺も飲みたい」

「は？　二本買ってきたんじゃないのか」

「デートだったら一本を分け合うのがセオリーだろ」

なにがデートだ。顔を赤くして、口をつけたばかりの缶コーヒーを彼に押しつけた。

機嫌よさそうに裕貴はコーヒーを飲んでいる。同性で回し飲みぐらいどうってこともないのだが、裕貴とは肌を探り合った仲だ。同じものを分け合い、味わうことが特別に思えてくる。

「サンキュ」

それからもうしばらく黙り、ふたりで海を見つめていた。

先に口を開いたのは、裕貴だ。

「あのハーレー、どんなひとから譲ってもらったんだ？」

「あれは……」

兄貴分であった秋留のことをどう話そうか。べつに、知り合いからもう乗らなくなったバイクを譲り受けたとだけ言ってもいいのだが、太陽に温められた砂を片手で触れているうちに、胸の底に溜まる思いがゆるりと溶け出していく。

「……あれは、大事な兄貴みたいな男からもらったんだ。アパートの隣に住んでいた秋留って年上のひとでさ」

いつしか、裕貴相手に秋留のことを打ち明けていた。

オメガ同士で励まし合ったあの頃。いまよりもっとまずしくて、子どもだった自分はなんの役にも立たなかった頃。それでも、母の有希子と秋留の愛情があったから、殺伐とした日々をなんとか乗り越えられたのだ。

ここにある膨大な砂粒の中に秋留たちが与えてくれたような本物の愛はあるのか。もし、あったとして、それを自分はいつか探り当てることができるのか。

結局のところ、ひとりでいいと肩を怒らせている自分でも温もりに等しい愛を欲しがっているのだという事実にいまさらながら気づき、じわりと赤面する。

それが、誰かに与えたい愛なのか、誰かから与えられたい愛なのか、いまはまだ判別できないが。

「おまえには……わかんねえだろうな。容姿も才能も家柄も、ちいさい頃からなんでも持っていて、欲しい物がないぐらいに与えられてきたおまえに俺の気持ちは——」

「欲しい物がないって不幸だと思わないか」

陽気な男にしては静かな問いかけに振り向かずにはいられなかった。

裕貴は飲みかけの缶コーヒーを厚みのある色っぽいくちびるに押し当てたまま、正面の海を見つめている。

「飢餓感を煽られないのって、確かに羨ましがられることかもしれないな。身体的には飢え死にする心配がない。でも、ここはずっと渇いたままだ」

裕貴は左の親指で、トン、と心臓のあたりをつつく。見た目は秀麗でも、空っぽなこころを自覚しているかのようだ。

こんなに目を惹く男なのに。胸の中はがらんどうなのか。

そう考えただけでくちびるを痛いぐらいに噛んでしまう。どうかすると、傍らに置かれた手を摑みたくてたまらなくなるからだ。

「裕貴……」

「ん？」

有希子とするように、なにげなく手を摑んでみようか。いや、そんなことをしたらさすがに裕貴も驚くだろう。こっちからそそのかしているとも取られかねない。だけど、なにか言いたい。なにかひと言でも口にして、その寂しい胸を埋めてやりたい。

「……おまえのこと、もっと……」

「俺のこと？」

掠れた声の誠に、不思議そうな顔で裕貴がのぞき込んでくる。その自然な表情に、覚悟が決まった。

「——おまえのこと、もっと知りたい」

「誠……」

「い、いや、変な意味じゃない。でも、おまえみたいなバランスの悪い男は見たことがない。好き勝手してるくせして……俺から見たらマジで羨ましいぐらいなんでも持ってるのに、……飢えてるだろ」

「……ああ」

裕貴の声も低くなる。

すべてが違っていても、飢えている、その一点では互いに怖いほどそっくりだ。まずしい誠は人生の余裕に飢え、富に溢れた裕貴はきっと熱情に飢えている。だから、優美な人生のレールを壊すような真似をして学校の規則を作り替えた挙げ句、まだ満たされずに『ソリッド』なんてチームを作って多くのひとびとが集まる渋谷、六本木で派手な振る舞いを重ねている。

ただただ、空っぽだからだ。その空っぽさに突き動かされているのだろう。

裕貴が少し息を吸い込み、そっと手を握ってきた。

「……おまえ」

「裕貴だ」

「裕貴……おまえ、……おまえ」

「俺は絶対におまえの運命の番だ。それは間違いない。でも……いまはそれだけじゃない。一緒にいると落ち着くのに、おまえをめちゃくちゃにもしたくなる。いまここでおまえのうなじに噛みつきたいぐらいだ」

とっさに剝き出しのうなじを手のひらで隠すと、裕貴は苦く笑い、「ここではやらねえよ」と言う。

「秋留って兄貴が羨ましい。……いまもずっとおまえの中に棲んでるんだよな。俺はそうなれないか？　秋留の代わりになりたいなんて偉そうなことは言えない。でも、誠の胸の中に入れてもらえないか？」

「俺は――そんなにキャパがあるわけじゃねえ」

「だろうな。だからひとりで行動してるんだろうし」

少しずつ、少しずつ指を動かして、裕貴は最終的に深く組み合わせてきた。これは、いわゆる恋人繋ぎというのではないだろうか。かぁっと頬が熱くなるが、振りほどくことはしなかった。裕貴の体温が伝わってきて安堵するのに、胸が弾む。

そうか。これと同じ気持ちを彼も味わっているのか。

答えを求めるように彼の顔を見ると、裕貴がくちびるを引き結び、真剣な目を向けてくる。

「誠、俺に抱かれてくれ」

「な……っ」

こんなにもまっすぐな目で求められるとは思っていなかったから動揺してしまう。背中に汗が滲み出してTシャツが張り付き、気持ち悪い。いますぐ裕貴の手で引き剝がしてもらえたらどんなにいいだろう。

「あ……」

どうしていいかわからない誠に、裕貴が軽く肩を抱いて立ち上がる。そして、「あそこ、行かないか」と道路側の建物を指した。海沿いの高級リゾートホテルだ。

こんな時間からホテルに入ることを了承したら、なにが起きるか。自分はオメガで、いま、激しく揺らいでいるせいでホルモンバランスが崩れ、発情しかけている。しかも、かなり激しく。

そして裕貴はアルファ。運命の番だと言う。彼と深夜の辰巳第一パーキングエリアで触れ合ったときの底なしの快感を思い出しただけで、頭の底が痺れるほどに熱くなる。

そんな状態でホテルに入ったらどうなるのだろうか。深く考えなくてもわかる。狂ってしまう。獣になってしまう。底なしの快感を求めて、裕貴にすがってしまうだろう。『してくれ』と懇願する自分を思い浮かべて、誠はぎりっと奥歯を噛み締めた。

できない。絶対できないそんなこと。

「誠……」

裕貴が気遣うように手をやさしく握り締めてくる。強引に誘いたくても、寸前で理性をとどめ、誠の意思を尊重しようとしてくれているのだろう。

それがわかるから、誠は何度もためらい、反芻し、思い悩んだ末に、こくりと頷いた。

「……わかった。行く」

「ほんとう、か」

「でも……お互いにいまは頭に血が上ってるんだ。俺も裕貴も正常じゃない。情欲に駆られているだけだ」

流れてしまいたい自分にも言い聞かせるようにストップをかけると、裕貴がせつなそうな顔をして食い入るように見つめてくる。

「俺は確かにオメガだが、いままで好き勝手にやってきたわけじゃねえ。俺には俺のルールがちゃんとあるんだ」

「聞かせろ」

真剣に問われ、一瞬戸惑ったが、誠は握られた拳をぐっと丸める。その中に、熱い想いを隠すかのように。

「……俺が守りてえと思った相手としか、しない」

いまどき時代錯誤な純情一直線な言葉に、裕貴は絶対に大声で笑い出すと思った。「バッカじゃねえの」とからかうんじゃないかと。

しかし、意外にも彼はゆるりと目縁をほころばせ、肩をコツンとぶつけてきた。

「……わかった。絶対俺がそうなる。でも、……頼む。いまは少しでもいいから触らせてくれよ。おまえが欲しくてもう限界なんだ」

単刀直入に切り込まれて、息が止まった。ほんとうにその一瞬、呼吸の仕方を忘れた。

もうなにも言えなくて、ふらりと立ち上がると、裕貴が傍らを守るように身体を寄せてくる。

ふたりでもう一度駐車場に戻り、黙ってヘルメットをかぶる。それから裕貴をうしろに乗せて、すぐ前にあるリゾートホテルへと入っていく。

ヴォン、とエンジンの低い音に、ドアマンは笑顔を崩さずに近づいてきた。

「ご案内いたします」

「いや、自分が……やります」

ホテルマンを信用していないというわけではない。ただここに来たのは裕貴に押し切られたのではなく、自分の意思でもあることを確認したかったのだ。

ホテルマンが指示してくれた場所にハーレーを停め、裕貴とふたりでロビーへと向かう。そこから先の手続きはすべて彼に任せ、誠はソファに座ることもせず、柱の陰でうつむいていた。

恥ずかしいのか。悔しいのか。怖いのか。

自分で自分の感情が摑めない。コントロールできないなんて、ほんとうにヒートが来ているみたいだ。

「待たせたな」

昼日中のリゾートホテルに男ふたりで訪れて、裕貴は堂々と部屋を押さえたらしい。

「せっかくだから、奮発してスイートにした」

「……アホか。そんなに滞在しねえだろ」

「わかんねえぞ。一週間誠を閉じ込めて触りまくるかもしれねえ」

荷物らしい荷物を持っていないからポーターを断り、そんなことを小声で囁きながらロビー片隅のエレベーターに乗り込む。部屋は十四階のようだ。「14」と書かれたボタンを押したとたん裕貴が振り返り、怖いほど真剣な顔を近づけて誠を奥の壁に押しつける。

「お、おい！」

「黙れ」

裕貴みたいな品のある男でも逆上すると言葉が乱れるようだ。そのギャップに胸を鷲掴(わしづか)みにされて、誠はぎゅっと瞼を閉じた。直後、熱いくちびるが強く押しつけられて、湿った音が響く。

くちゅり、ちゅく、とくちびるの表面を淫猥に嚙まれ、じわっと疼く熱が口内に広がると、肉厚の舌がぬくりともぐり込んできてぐちゅぐちゅと強引に蠢(うごめ)く。

「ん、――ン、っ、く……っ……」

反射的に逃げようとしても、裕貴の逞しい腕で抱き締められていて無理だ。それを無理やり引き剝がそうとすると、よけいにくちびるをきつく吸われる。喉をするっと指先で撫で上げられながら唾液を伝わされたので、自然とこくりと喉を鳴らして、甘く感じるそれを飲み込んだ。

「……ふ……」

「……マジかよ……なんだよそのエロい顔」

「っせえよ……てめえのせいだろう、が……」

「だよな？」

そこだけ嬉しそうに笑う裕貴の脛を蹴り飛ばし、十四階でもつれ合うようにしてエレベーターを降りた。

ふたりを待っている部屋は、廊下の突き当たりにあった。一見他とは変わらない一枚扉を開くと、柔らかなベージュトーンの広々とした部屋が待っていた。絨緞（じゅうたん）張りの廊下を歩き、もう一枚扉を開けば、湘南の海が眼前に広がるベッドルームだ。

キングサイズのベッドはぴしりとメーキングされていて、逆に卑猥だ。ダークネイビーのベッドカバーを剝がし、オフホワイトのシーツを剝き出しにしたところで、裕貴は誠の胸をトンと指先でつついてくる。その力がことさら強かったわけでもないのに、誠はふらつき、ほとんど倒れ込むようにしてベッドに腰掛けた。

正直なところ、こっちも限界だ。喉はからからだし、指の先までぴりぴりと甘く痺れていてじっとしていられない。

「裕貴……」

喉の奥から絞り出した声は、自分でも聞いたことがないほどの飢餓感に満ちている。もう、だめだ。なにかしてもらわないと、触ってもらわないとこの部屋から出られない。でも、一度でも指を、くちびるを直接感じたら、一生その熱に振り回されてしまう。ここで意地を張って裕貴をはねつけたら二度と他の誰とも抱き合えず、自慰でも満足できずに不完全燃焼の日々がこの先続いていくのかと思ったら、のしかかってくる男の頰を両手で摑んでいた。

「……っ、頼む、裕貴……」

「わかってる」

いやに真面目な顔をした裕貴は誠を怖がらせないためか、そっとTシャツの裾をまくり上げてきた。

汗に濡れた裸の胸を彼の視線に晒して、頬が熱くなる。べつに男なのだから胸ぐらいどうってことはないのだが、乳首が痛いぐらいに勃ち上がっているのが自分でもわかるのだ。

「……ちが、っ、これ、は」

「大丈夫だ。いまの俺たちは敏感になってるだけだ」

言い聞かせるような裕貴を信じたい。

「おまえのここ、ちっちぇ……」

「っんだよ、文句あんのか、……っ、ァ……！」

愛おしげに乳首を指先でくりくりと押し転がされ、赤く膨らんだ先端を軽く食まれただけで腰がびくんと跳ね上がった。

――なんだこれ。なんなんだ、この感覚。

自分でも制御しきれない熱が腰の奥からどっと溢れ出す。直後にじわっとジーンズの前が濡れる気配がして、かぁっと顔を赤らめた。

「……ん？」

裕貴にもそれがわかったようだ。するっと手をすべらせて、もがく誠の下肢を探る。

「おまえ……もしかして、いまのでイったのか」

「な、――ちが、ちがう、そうじゃねえ、違うって言ってんだろ！」

両足をばたつかせたのだが、押さえ込まれてしまって逃げられない。優秀なアルファである裕貴に組み敷かれるのは屈辱的なはずなのに、なぜかうっすらとした陶酔感も混じっていた。

裕貴ほどの男を夢中にさせているのだ。奪いたいと思われているのだ。

その思いが誠の抗いを削ぎ、彼の髪を摑む手もゆるくなる。

初めて他人に抱かれるのだ。無様な真似はしたくないけれど、気持ちいいことを隠せるかどうか。正直自信はない。だから、ぎりぎりまで意地を張ることにした。

「気のせい……」

だろ、と言おうとした直後、ボクサーパンツごとジーンズを引き剝がされて唖然とした。硬く跳ね出るペニスがぐっしょり濡れていて、白濁にまみれている。

「おっと、いい感じだ」

裕貴がちいさく笑い、先端をつついてくる。とろりとした精液が彼の指にも移り、羞恥で死にそうだ。そこを直接刺激されて射精するならまだしも、乳首を嚙られただけでイくなんてどういうことだ。

まずい、ほんとうに発情しているみたいだ。裕貴に近づくと感情がコントロールできず、フェロモンも乱れてしまう。

魅入られたような顔で何度もくちづけてくる裕貴に、「俺は……」と囁いた。

「どういう匂いが、するんだ……自分じゃわからないんだ……」

「なんつうか、甘くて、どろっと蜜みたいに濃くて……性欲を直撃する。おまえとやることしか考えられなくなる」

端的に言われるとなおさら恥ずかしい。こんなに近づいているのだ。たったいまこのときも己のフェロモンは裕貴を刺激し続けているのだろう。

精液でべったり濡れた下着を脱がされて、下肢をあらわにされる。Tシャツもまくり上げられて、無防備なことこのうえない。自分だけ裸にされるのは悔しいから、「おまえも脱げよ」と低く呟く。

「わかった。フェアじゃないもんな」

裕貴が誠に跨がったまま、Tシャツを頭から引き抜く。初めて見た引き締まった身体に目が離せない。

「おまえ……なんかスポーツでもやってんのか」

「喧嘩をちょっとな」

スポーツじゃないだろそれ、と反論するものの、見事な胸筋とうっすら割れた腹、締まった腰は堂々たるものだ。

裕貴はちょっと笑いながら、ジーンズのジッパーに指をかけ、見せびらかすようにゆっくりと下ろしていく。

「見たいか？　俺の」

「は、どうせチンケなブツだろ」

「一度触ってんだからでかさはわかってんだろ」

わかっている。知っている。辰巳第一パーキングエリアのトイレにこもって触り合ったとき、熱い雄芯にくらくらした。

あのときはあえて目をそらしていたが、昼日中のホテルのベッドに組み敷かれ、カーテンも引かない状態ではすべてが見えてしまう。ジリッと金属が噛む音に惹かれて目をやると、口元に笑みを刻んだ裕貴がわずかに腰をよじらせ、そこを開いていく。ジーンズを少しずり下げ、黒のボクサーパンツの縁に指をかけて前に引っ張った。

ぶるっと跳ね出た逞しい性器に、思わず息を呑んだ。こんなに大きかっただろうか。張り出した亀頭は赤黒く、笠からくびれの線がはっきりしている。ついでに竿も太く長い。ぐうっと根元から強く反り返り、太い筋を浮き立たせているのが生々しくて、秀麗な裕貴の相貌を裏切るような淫猥さだ。これでもっと細めで色も白かったら、なんだ、まあそうだよなとこころのどこかで納得していた気がする。だけど、これは反則じゃないだろうか。

「おまえ……これ、……」

「ん？」

「……よくパンツの中に収まってんな」

意外な言葉に、裕貴が可笑しそうに吹き出す。

「いつも結構、いい位置に収めるのに苦労すんだよ。いまはこのブランドのパンツが気に入って穿いてる。見ろよ、誠のせいで根元からビンビンだ」

「……おっさんかおまえ。高校生のくせに」

「無茶はしねえって約束するからさ、……とにかく、触らせてくれ」

「最後まではしねえぞ。無理やり突っ込んだらおまえのそれへし折るからな」

「怖ぇな。でも、わかってる。俺がおまえでもそう思う」

なぜかそのひと言が胸に残った。

アルファの裕貴がもしもオメガだったら。いまのように男らしく振る舞っていただろうか。自分のように、警戒したり、卑屈になったりしなかっただろうか。

そして、自分ももしアルファだったら。旨そうな獲物を前にして約束を守れたかどうか。どうせ口約束だ。力に任せて突っ込んでしまえば、相手だって最初は嫌がっていてもそのうち喘ぐはず――そうした野生の感情は自分にもあるのだ。

　いますぐ快感の深淵にはまり込んでしまいたい。でも、裕貴がどこまで我慢できるか、見てみたいという気持ちもある。ヒートしている誠を感じさせるだけ感じさせて、自分は耐えることはできるのか。もしそれが叶ったら、ひと息に裕貴へとこころの針が振り切れそうだ。

　一度目のように最初は誠のペニスをやさしく扱いていた裕貴だが、そのうち我慢できなくなったのか、そこに顔を寄せた。

「な、――待て、おい！　……ッ、あ、あ……ん、んん……っ！」

　亀頭からねっとりと咥えられて、声が跳ね飛んだ。

　さっき射精したばかりで汚れているのに、裕貴は厭わず、窄めた口の中でぬちゅぬちゅと誠のペニスを舐め、硬く育て上げる。

「――……いい……」

　骨の芯から蕩けそうな快感に本音がこぼれた。裕貴の髪を両手でまさぐり、頑丈な歯がたまにくびれに立てられることに感じすぎて、ずっとこのままでいたい。

「誠、すっげえ感じてんだな……あとからあとから出てくる」

　じゅるりと啜り込む裕貴の髪の根元を強く摑み上げた。痛がってやめてくれれば、彼の口の中で果てそうな屈辱から逃れられるかもしれない。だけどいまの自分はそれを望んでいない。あくまでも意地を貫き、達するのを堪えているだけだ。

「我慢強いな誠。んじゃ、こういうのはどうだ」

言うなり、裕貴が唾液と精液でぬるぬるになったペニスを扱きながら、根元の陰嚢を舌先で甘くつついてきた。

「ッ、あ……！」

薄皮に包まれた精嚢を舌先でぐりぐり捏ねられて、足の指先が攣りそうなほどに気持ちいい。

「や、め、それ……いやだ……！」

「ほんとか？　こっち、いまにも射精しそうだぞ」

臍につきそうなほど勃起した性器の先端を指先でぴんと弾かれ、あっ、と声が漏れた。

ヤバい、ほんとうにいい。ペニスはともかく、陰嚢まで口の中に含まれて転がされるとは思っていなかったので、誠は腰をよじらせながらオフホワイトの天井に向かって声を絞り出す。懸命に抑えていないと獣のように吠えてしまいそうなのだ。

昔、少しだけオメガの保護施設にいたときに、発情しきった仲間を見てしまったことがある。定期的な診察の順番を待っている最中に強いヒートに襲われたらしく、慌てた職員が四人がかりで押さえつけてストレッチャーに固定し、手枷足枷をはめた状態で強烈な抑制剤を打ったが、まるで効かず、その股間は硬く大きく盛り上がっていた。それから彼はどこかに運ばれていったので、そのあとのことはわからない。わからないけれど、きっと、どこかに閉じ込められてこんな声を果てしなく発したのではないだろうか。そして、身体の中に生まれるどうしようもない熱に狂わされたのではないだろうか。

「裕貴、……ゆう、き……」

「いつでも出していいんだぜ。我慢するな。いまのおまえは発情してる。そんなおまえに俺もそそられてるんだ。誠の顔も身体もザーメンだらけにしそうだ」

「……ッ」

破廉恥（はれんち）なことを言われて欲情するたちではないのに、裕貴の品のある声で言われると追い詰められてしまう。

裕貴は陰嚢を舌でつんつんとつついて舌の上で転がし、硬く引き締まったところで揉み転がしながら、ちゅぽちゅぽとペニスに吸い付いてきた。浅く、深く。そのタイミングが絶妙で、誠は耐えきれず、「出る……っ」と身体を震わせて思いきり射精した。

どぷっと溢れ出る熱は多すぎて、またたく間に裕貴のくちびるからこぼれた。

「ご、――ごめ」

「ん、いい、もっと出せ」

濡れた口元を拳でぐっと拭い、裕貴はまた吸い付いてくる。吸われながら射精する凄まじい快感に目眩を覚えながら、誠はぐったりと力を抜いた。

裕貴が覆い被さってきて、軽くくちづけてくる。

「気持ちよかったか?」

「ん……」

「俺もおまえの口を味わいたいな」

ということは、自分にも口淫しろということか。一瞬胸が苦しくなったが、怒張している彼の物を見ると、口内にじゅわっと唾が溜まってくる。

なにも考えられず誠は半身を起こし、目の前の男に抱きついてその強い筋肉を秘めた肩にがぶりと囓り付いた。

「誠?」

弾力のある肌の下に、強靱な骨が隠されている。見た目や立場は大きく異なるけれど、身体の造りは一緒だ。

まるで犬みたいにがじがじと肩から鎖骨を噛みまくると、裕貴がくすぐったそうに笑ってベッドに寝そべった。

「可愛いな誠、すげえ可愛い……」

「男に言う台詞じゃねえ」

「ほんとなんだからしょうがねえだろ。だったら、嚙むなって言ったほうがいいか？」

「それは──」

だめだ。嫌だ。いまはこころゆくまで嚙ませてほしい。綺麗な首筋のラインにも歯を立てて痕をつけ、おそるおそる盛り上がった胸にも手を這わせる。

「どうやったらこんなに鍛えられるんだよ……」

「喧嘩とジム。俺、身体を鍛えるのが趣味なんだよ」

「筋肉バカか」

「そういう誠は俺よりちょっと細めだな。このくねった腰がたまんねえ」

跨がる誠の腰を両手で摑んで、裕貴は軽く揺する。そうすると、互いの肉竿が触れてまた欲情がこみ上げてきた。

「っ、あ……、あ、ッ」

「さっきより甘い声だ。……いいぜ、誠。俺の上で好きに動いてみろよ。なんなら、俺に突っ込んでみるか？」

「んなこと……」

できない。もちろん、無理やりやろうと思えばできるかもしれないけれど、こういうふうにじゃれ合っているだけで十分だ。

アルファの裕貴を貫いたらどんなことになるか妄想で頭がいっぱいになったのを察したのだろう。いつの間にか勃ち上がっていたペニスを握られ、「――ん」と甘酸っぱい声を漏らした。

自分だけでしていたのとは違って、他人の体温を感じながら昂ぶるのがこんなに気持ちいいとは。もちろん、相手が裕貴だからだろう。まだすべてを委ねたわけではないけれど、それでも赤の他人ではない。

ひとりでしていたときの寒々しさが、いまは嘘のようにない。

ただ、とにかく恥ずかしい。精液まみれのペニスを裕貴が食い入るように見つめていることとか、勃った乳首を放っておけないのか指でねじり回してくるとか。そのひとつひとつがたまらない刺激になって誠を突き動かす。

ぐしゅっと互いのペニスを擦り合わせて、裕貴の上でぎこちなく腰を振った。

「すげえいい……そのまま好きにしてくれ」

「ん……」

仰向けになった裕貴が腰を摑んでくるから、誠は本物のセックスをするように身体を揺さぶった。オメガとして生まれてきても、奇跡的に誰にも犯されたことのない身体――ということは、二十一歳のいまでもまだ童貞だということだ。そこにはやはり男としての見栄や羞恥が潜んでいるが、裕貴はあえてつついてこない。だから誠もひとまず信頼して、動きたいように動いてみた。まっすぐ、縦に動くよりも、お互いに少し反っているペニスの裏側がより密着するように斜めに腰を振ったほうがより気持ちいい。

「あっ……あぁ……っ」

裕貴が両手をうしろに回してきて、やさしく尻を撫で回してくる。自慰のときは冷えたままの尻の表面がいまはじんわりと奥から熱が上がってきて、ふつふつと汗の玉を浮かべるほどだ。

「裕貴……っ」

「大丈夫だ。触ってるだけだから。おまえのここ、癖になる触り心地だな、手に吸い付いてくる……」

まるで女性の胸を愛撫するように、尻を捏ね回し、ぎっちり掴んだかと思ったら指の一本一本を食い込ませてきてバラバラに動かす。そうするとだんだんとむっちりとした柔らかさを孕み、ますます裕貴の手に吸い付くようだ。

尻を揉まれながら、誠は夢中で腰を振る。裕貴に挿入しているわけではないのに、妙な征服感が胸を満たして嬉しい反面、狭い窄まりにいまにも指が近づきそうで落ち着かない。

——いっそ、食い破ってくれてもいいのに。

ここで身体をぐるりと反転させて力尽くで組み敷かれ、十分にアナルを愛撫してくれたうえでならも繋がっても構わないかもしれないのに。

だけど、『挿れろよ』とはしたなくねだる勇気はない。そこまで崩れることはまだできない。

「あっ、だめ、だ、また、出そう、だ……」

「何度でもイけよ。おまえのイき顔最高なんだよ」

「ん、——んん、っ、あ、あっ、あっ、く……！」

その瞬間裕貴の大きな手がふたりのペニスをまとめてぐしゅぐしゅっと擦り上げてきて、我慢できなかった。またも派手に射精して、今度は裕貴の腹まで汚す。飛び散った精液を指ですくい取り、ぺろっと舐める裕貴の赤い舌をぼうっと見ていたら、頭の底がじわんと熱くなる。

まだ、彼の物は硬いままで、達していない。

このまま手で扱いてやれば簡単にイかせられるかもしれない。さっきは口でしてくれたのだ、礼ぐらいしておきたいとヤンキーらしい律儀な思いが浮かぶが、自分の物とはまるで違う色合いや亀頭を見ていたら、じゅわりと口内に唾が溜まる。

知らず知らずのうちに身体をずらし、裕貴のそこの根元を摑んで顔を寄せていた。

「おい誠、無理すんな。おまえフェラしたことねえだろ」

「……さっきやってもらったから同じことすりゃいいんだろ」

濃い雄の匂いが鼻につく。嫌なのではない。むしろ、そそられてしょうがない。舐めたら、どんな味がするのだろう。

「誠……」

突然のことに裕貴も多少は動揺しているのか、拒むことはしない。逆に気遣うように頭をそっと撫でてくる。誠のブロンドの髪に指をとおし、耳たぶをそっと触る。そのやさしい感触に煽られて、誠は思い切って舌を突き出し、裕貴のペニスの先端にあてがう。

熱い、とても熱くて、ちょっと苦い。青臭い味もする。そして、たまらなく引きずられる。血の通った、自分と同じ生きている男だ。アルファとオメガという立場の差はあれど、身体の芯を熱くするのは一緒だ。

勢いをつけてそのまま亀頭を口に含み、じゅっ、と吸い込んでみる。先端のくぼみに溜まっていた濃いめの先走りがどろりと口内にすべり込んできて、慌てて舌で舐め回す。

「こら、……んな、刺激すんなって……」

たどたどしい愛撫だろうが、誠のフェロモンに煽られているせいか、裕貴の声も上擦っている。

それを耳にしたら、俄然やる気になった。

「……てめえのいいところも教えろよ」

「顔射するかもしんねえぞ」

「やれるもんならやってみな」

焚き付けて、誠は太い肉竿を握り締め、根元からゆっくりと扱き上げる。

く、と喉の奥でかすかな息を漏らす裕貴が誠の髪をぐしゃぐしゃとかき回してきた。先端の割れ目を舌先でつつかれながら竿を扱かれるとさすがに感じるらしい。年下のくせして余裕綽々で、裕福で、アルファで、しかもずば抜けた容姿に恵まれた裕貴がわずかに息を途切れさせていてちょっと可愛い。

焦らしてみたくなり、先端だけを咥えてちゅぽちゅぽと頭を前後に振って舐り回す。わざと竿は扱かず、口の中だけで刺激を与えてみた。

「誠……！」

割れ目の中に舌先をくにゅりともぐり込ませ、痛くならない程度に舐る。小孔からはどんどん先走りが溢れ出して、もう射精しているんじゃないかと思うほどだ。

そそり勃つ竿はがちがちだし、陰嚢も硬く引き締まっている。最後の仕上げとしてにゅるっと撫で上げた。

「イけよ」

「くっそ……、う、……っ……！」

ぶるりと身体を震わせた裕貴の男根の根元がぐうっと膨らむ。そのことに驚き、つかの間顔を離したときだった。目の前の男根からどぷりと白濁が飛び出し、顔中にかけられた。びゅ、びゅっ、と勢いが止まらないそれに目を瞠る間、裕貴はどこか悔しそうな顔でみずから竿を擦り、誠の頬に押しつけてくる。

「バカ野郎……おまえ……」

いま達したばかりなのに、裕貴はぎらつく目を向けてくる。まだとろりと残滓をこぼす硬いペニスを根元から扱いて、はあはあと息を切らしながらがっしりと誠の腰を掴む。それから身体の位置を変えさせて誠を逆に跨がらせ、互いの下肢に顔を近づける。

「なんだよ、まだするのかよ」

「当たり前だろ。ほんとうならいますぐでもおまえん中に挿りてえけど……まだここ、狭そうだしな。せめていまは口と指で解してやる」

「し、しなくていい、そんなのバカ、おまえ、……っあ――……！」

裕貴の顔を大きく跨ぐ格好になって、もうなにも隠せない。半勃ちになっているペニスも、新たな精液で膨らんでいる陰嚢も、それから誰も挿れさせたことがない窮屈な孔も。

さっき執拗（しつよう）に尻を捏ねられたから、指の痕が残っているんじゃないかと思うほどだ。そこが左右に拡げられ、アナルが空気に晒されると否応なしに身が竦む。

「怖がるな。俺はおまえを絶対に痛めつけないから」

「……べつに、怖く……ねえよ」

「ふうん……、じゃあ、思いきりよがってみるか？」

裕貴が尻の狭間に高い鼻梁を押しつけ、ちゅく、と舌先でアナルを抉ってきた。

「……ァ……！」

唐突なむずがゆさが襲ってきて、身体がびくんと跳ね上がる。

男を知らない孔はなかなか開かず、裕貴も周囲を舐め回すことに専念しているようだ。窪んだアナルの奥へ舌を挿れたいらしく、指でほんの少しだけ拡げてくる。そうすると、臓腑に空気が触れてぞくりと背筋が震えるが、このままじっとしているわけにもいかない。自分だって押されっぱなしでは気がすまない。尻に受ける刺激から意識をそらすのは難しいが、こみ上げる欲情に任せて裕貴の射精したばかりの雄芯を握り締め、今度は容赦なく奥までぐっと咥え込んでやった。

「無理、すんな……俺のでかいんだから、えづくぞ」

「う、っせえ、おまえは——勝手にしてろ」

互いに言い合い、過敏な場所を刺激し合う。誠は裕貴の雄をぐっぽり含んでしゃぶり尽くす。最初は多少の嫌悪感も当たり前にあったのだが、顔にかけられてしまったいまではもう徹底的にどろどろになりたい。

こいつのを受け入れて、中で出されたらどうなるんだろうな。俺でも孕めるのか。

まだ一度も挿入されたことも最奥を突かれたこともないのに、想像だけが先走る。必死に裕貴

を攻めていると、彼も黙ってはいない。先ほどよりも尻を強く摑んで押し拡げ、くぱ、とわずかに開いたアナルの中へと舌をねじ込んできた。

「ッあ……！」

艶めかしい感触に情けない声が漏れ出てしまう。性器を弄られて射精するときよりももっと頼りなくて、はしたなくて、雌っぽい気もする。

にゅくにゅくと蠢く舌がすごく、いい。まだ入口だけを舐められているにもかかわらず、なんなのだこの底なしの快感は。悶え狂っていると、裕貴がそこを慎重に指で拡げ、つぷりと中に挿し込んできた。

「ん――んん、ん、ん……！」

「やっぱいまは指一本でもぎりぎりだな」

当たり前だ。ほとんど自分でも触れたことがない場所に他人の指を受け入れるなんて、そう簡単にはできるものではない。そう思うのだが、じゃあいま裕貴の愛撫を阻まないのはどういうことなのだろうと煩悶するところもある。

それなりにこころを開いてきたから、いま、一緒にいる。タンデムもしてやったし、昼間のホテルに入ることも了承した。そこで飲み物でも飲んで適当なことを喋って終わるはずがない。自分は発情したオメガなのだし、裕貴は運命の番だと言って聞かない。

運命の番だから、ここまで許しているのだろうか。そうかもしれないし、少し違うかもしれない。目には見えない赤い糸に導かれるのもロマンティックだろうが、誠はもう少しシビアにできている。裕貴の泰然としつつも胸の中に抱えている空虚さに惹かれていた。

なにを与えられれば、裕貴はほんとうに満足するのだろう。それは、自分にもできることなのか。

誠の葛藤を見抜いたかのように裕貴の指がぬくぬくと浅い場所を出たり挿ったりする。ぞわぞわとした寒気のような感触が背中を走り抜け、「あ……！」とか細い声を上げた。

「ん？　もしかして、少しはいいのか？」

「ち、が……っ、あ、——う……ぅん……っ」

声はだんだんと変容し、裕貴の指がくねるたびに尻が揺れてしまう。抑えよう抑えようとしても腰を振ってしまい、そのたびに裕貴の指がだんだんと深く挿ってくる。

中に挿った長い指は人差し指だろう。それが上側の肉襞を擦ると、どっと汗が噴き出るほどの熱い衝動が襲いかかってくる。

「な……っ、なんだよ、これ……っ」

「知らないのか？　男なら誰でもここに前立腺がある。ここを擦られるとすげえいいらしい。おまえもそうみたいだな、誠。もう一度出していいぜ」

「だ、れが……あ、あ、やだ、いやだ、擦んなバカ、やめ……っ！」

抗いの言葉とは裏腹に尻にもぐり込む指に喘いでしまい、腹のほうにまでじんわりと広がる熱に戸惑った。未知の快感と言えばいいのだろうか。きわどいまでに生々しく、残酷なほどにはっきりした指の節を孔の入口に引っかけられて、誠はいままでに出したことのないしゃくり上げるような声を漏らした。油断すると泣きじゃくりそうだ。

じゅくじゅくと中を熱くされて――指だけの愛撫でこんな状態になってしまうのだったら、裕貴自身を受け入れたときどうなるのか、ほんとうに怖い。そして、どうしようもなくどきどきする。

変わってしまいそうだ。宮島裕貴という男によって、自分という人間が根本から造り替えられてしまいそうだ。

唾液の助けを借りて指のすべりをよくした裕貴は「ほんとうに繋がるならローションを使わねぇと怪我しそうだな」と呟く。でも、指の出し挿れは止めない。誠の快感を少しでも増幅させて、何度でもイかせたいようだ。ヒート中は正直なところ射精が続きっぱなしになるから、かなり疲労する。前に、スマホを使ってヒートのことを調べたとき、オメガ男子の場合はアナルセックスでドライオーガズムを感じるように訓練していったほうがいいという一文を見かけたことがある。女性のようなイき方を覚えれば、射精し尽くしてもまだ達することができるというわけだ。疲れることはどうせ同じだろうが、身体の中から水分が干上がるほどの射精感に襲われるのもかなりつらい。

そうしたことも、誰にも相談できずにいた。もしも、裕貴に少しでも打ち明けられたら、どうにかできるだろうか。だけど、実際相談したら、アナルセックスを許すことになる。

いまはまだ、その覚悟ができていない。指を受け入れるだけでも精いっぱいだし、孔の中を探る違和感に押されて、背中を攣らせてしまう。

「ア——ァ……ッ！」

触られてふっくらと腫れぼったく、重くなった前立腺を人差し指で少しだけ強めに擦られて、誠は裕貴の物を口淫するのも忘れて射精してしまった。寸前で口に咥えられ、ごくん、と飲み込む気配がする。芯を吸い取られ、骨まで蕩けそうだ。

「まだまだ出そうだな。一緒に気持ちよくなろうぜ」

「は……」

目の前には、裕貴の男根がそそり勃っている。イかされた直後のもうろうとした意識でそれを握り、無我夢中でむしゃぶりついた。これが自分の役目、だとは思わなかった。自分だって裕貴をイかさなければと責任感に駆られたわけでもない。

ただただ、いまは裕貴が欲しかった。

夜遅くになってこっそりとアパートに戻ると、ちいさな豆電球が点いていた。そのことにほっとして、「ただいま」と小声で言って靴を脱ぎ、布団の中で丸まる有希子に近づく。

もしかして、不在の間にずいぶんと痛い思いをしたのだろうか。枕元には薬袋と水が三分の一ほど入ったコップが置かれ、有希子は疲れた顔をして眠っていた。

その痩せた顔にずきりと胸が痛み、裕貴と抱き合った熱もつかの間忘れて膝をついた。額にそっと触れる。熱はないみたいだが、呼吸はいささか浅い。

有希子の病は、なかなか快方へと向かわないようだ。線維筋痛症はすぐ死に近づく病というわけではないのだが、終始痛みと闘わなければいけないだけに、強い薬が必要になる。もちろん劇薬を使えば一時的に痛みを止めることはできるけれど、内臓に負担がかかる恐れもあって、定期的に有希子は血液検査も受けていた。そういえば、この間の血液検査の結果では、だいぶ貧血気味のようだと医師から告げられていた。目眩がしたり、寝ていても頭がくらくらしたりする貧血は侮れない症状だ。

このまま自分はただバカのように見守っているだけなのかと思うと、ほんとうに悔しい。歯噛みをし、コップを取り上げて水を入れ替え、枕元に置き直す。そのことに目を覚ましたようだ。有希子が薄く瞼を開け、「……おかえりなさい」とちいさく微笑む。

「痛いか」

「……うん、今日はちょっと、ね……」

「風呂で解してやろうか。温まったら少しは楽かもしれねえ」

「……ううん、いまは大丈夫。薬、効いてるから……もう少し寝るね。……誠、お腹空いてない？」

「俺は平気だ。母さんは？」

「夕方、……お粥作ったの。ちょっと残ってるから、よかったら、食べて……」

言っている合間にも有希子の息遣いはゆったりしていき、また眠りに引き込まれる。

誠が帰ってきたことで安堵したのだろう。そのことがたまらなく恥ずかしく、つらく思えた。いくらショートのヒートが襲ってきたとはいえ、裕貴と湘南のホテルで不埒な数時間を過ごしていたのだ。

忸怩たる思いを奥歯で噛み潰し、深く眠る有希子を起こさないようにそろそろと動き、簡単にシャワーを浴びる。些細な音も、感触も、いまのような状態の有希子にはつらい刺激になってしまう。慎重に、慎重に動き、洗濯したTシャツとハーフパンツに着替え、誠は有希子の隣に布団を敷く。それからその細い指を触ろうとしたが、また起こしたら可哀想だと思い、悩んだ挙げ句、狭い台所に置かれた冷蔵庫から冷えた缶ビールを取り出した。これも、バイト先で賞味期限切れ間近のものをもらってきたうちのひとつだ。

音を立てないようにプルタブを開け、静かにひと口。普段、ハーレーを転がすことが多いから、アルコール類はあまり摂らない。だけど今日は裕貴に抱き尽くされたあとだし、有希子は痛みに耐えていたようだし、情けないがいくらかでも酔わないと眠れなさそうだ。

苦味のあるビールを飲み、漆喰の壁に寄り掛かってカーテンの隙間から暗い夜空を見上げた。母とふたりで眠るこの部屋と猫の額ほどの台所、風呂とトイレしかない狭い狭い世界。

有希子は一日のほとんどをここで過ごしている。体調がよければ近くの公園やスーパーにも行けるのだが、湿度が高く気温が安定しない梅雨時期と、冷え込む冬は厳しいようだ。

こんな閉塞的な暮らしを、有希子はどう思っているのだろう。もしも自分にもっと稼ぐ力があったら、有希子にも楽をさせてやるのに。

――たとえば、もっときつくても割のいいバイトに変えるとか。

それはよく考えることだ。アパート近くのコンビニに勤めているのは、有希子にいつなにがあってもすぐに帰れるようにしたいという理由のみだ。

――たとえば、オメガとしての身体を売るとか。

――たとえば、裕福な裕貴に土下座をして借金を申し込むとか。

ダメだ。どれもダメな考えばかりだ。身体を売るのはまだ最悪許してもいい。自分さえ我慢すればいいのだから。だが、ヒート中の身体をどんなふうに扱われるのか、普段は突っ張っている自分でもやはり少し怖い。

裕貴に頼み込むなんてもってのほかだ。もともと立場も暮らしも違いすぎるが、金を借りる立場になってしまったらプライドが壊れる気がするのだ。文化祭で焼きそばやクリームソーダを奢ってもらったのとはわけが違う。

ビールを半分ほど飲み干し、傍らに置いていたスマホを手にした。検索アプリで、「オメガ初物　金額」とキーワードを入力してみると、ずらりと怪しいサイトが表示される。そのうちのひとつを見ると、未体験のオメガ男子は目を疑うほどの価格で取引されているようだ。もちろん、闇取引だろう。

『身元が確かで裕福なアルファばかりが集うクラブへご招待いたします。つねにお身体の検査付きで安全を保証いたします。ご希望の方には特定のパートナーをご紹介し、ご懐妊された場合は特別ボーナスが支給されます。性交の有無はけっして強制いたしませんので、お気軽にご相談くださいませ』

サイトを読んでいくとそんな説明がある。

懐妊。誰かの子を孕むということだ。オメガ男子はペニス以外にも子宮を併せ持つので、そのめずらしさによりオメガ女子より高値で取引されているらしい。

たとえ、運命の番相手でなくても、自分は他人の子を孕む危険性がある。ましてや、不用意にうなじを噛まれようものなら自分はそのアルファの運命の番として契約を結ぶことになるのだ。それに、アルファに飽きられたら一方的に契約は解除され、捨てられた挙げ句に、もう二度と誰とも番になれず、一生発情し続けることになる。

なんて不憫な生き物なんだろう。神様なんて信じちゃいないが、どういうつもりで自分のようなオメガという存在を造ったのだろう。ひとにあって当たり前の優越感、劣等感をさらに煽って、より優れた人種を生まれさせるためか。そうだとしたら、オメガはアルファやベータの踏み台に過ぎない。ただの玩具。もてあそばれて終わるだけの人生は寂しいだろうからと鋭い快感を味わえるような身体にしたのだろうが、ちっとも嬉しくない。好きな相手のためだけに熱くなりたいのに。

好きな奴と考えて、裕貴の顔を脳裏に思い浮かべ、ちりっと耳たぶを熱くした。

いま、胸に棲んでいるのは確かに裕貴だ。辰巳第一パーキングエリアで出会ったときからただ者ではないと思っていたけれど、まさか肌を重ね合う仲にまでなるとは思わなかった。

ただ、もしかしたら恋愛もセックスもなんの経験もない自分だから、勘違いしている恐れはある。たまたまヒートを引き起こされて、そこにつけ込まれたという考えもあるにはあるのだが――でも、日ごとに裕貴が欲しくてたまらなくなっている。これが運命の番なのだろうか。それとも、そういう名前がついた衝動に踊らされているだけなのか。

ひとりで考えていても判断がつかずにいると、スマホが明るくなる。裕貴からメールが届いていた。

『今日はありがとうな。もう寝る頃か？　俺は風呂に入っている間もおまえのことをずっと考えていたら勃っちまった。バカすぎるよな。でも、おまえは最高の男だ、誠。今夜はしっかり寝てくれ。また連絡する。裕貴』

最高の男だ、という言葉につい目頭が熱くなった。彼がアルファであることに必要以上の劣等感を抱いているのは自分だけなのかもしれない。確かに自分はオメガだ。しかし、裕貴は『最高の男だ』と言ってくれている。未経験のオメガが闇サイトでひそかに高額で取引されるこの時代に、裕貴だけはまっすぐ、正直にぶつかってきてくれている気がする。

――いっそ、おまえからもっと踏み込んでくれれば。

他人任せな自分に恥を覚え、缶ビールを最後まで飲む。そして、短い返信を書いた。

『また時間が合ったら一緒に海に行こうぜ』

そのひと言を書くだけなのに、数分かかった。もっとなにか書いたほうがいいだろうかとか、ひと思いに『おまえが気になってしょうがねえ』と正直に言うべきか。

とはいえ、こんなふうに胸を甘く疼かせる時間もそう悪くない。

傍らを見ると、有希子と手が触れ合っていた。起こさないようにその指先をきゅっと握り、どうか、と願う。

どうか神様、母さんから痛みを取り除いてくれ。そして、俺と裕貴を――。

自分にしては弱々しい思考回路に苦笑いして誠は立ち上がり、空き缶を流しに置いて歯を磨き、忍び足で有希子の隣に戻って身体を横たえた。

裕貴のメールを表示させたままのスマホを握り締めて。

最高の男だ。

その言葉を裕貴の声でリフレインさせながら、誠は瞼を閉じた。


季節がゆるやかに夏に向かっていくさなか、しかし有希子の体調は日に日に悪化していった。

東京の夏は健康な者でも過酷だ。ほんとうなら軽井沢（かるいざわ）のような避暑地で休養させてやりたいが、そんな余裕はない。

有希子は全身に拡がる痛みに耐えながらも、誠を気遣った。

「お母さん、夜中に呻いてごめんね。誠も寝不足でしょう」

「気にすんなよそんなこと。今日は頓服(とんぷく)も飲んでおいたほうがいいか？」

「うん……」

しかし、強い頓服を飲んでも痛みは治まらないようで、有希子は布団の中で転々としていた。痛くて痛くて、じっとしていられないのだろう。さすがに放っておけず、かかりつけのクリニックに電話をして症状を伝えると、『では、点滴を打ちに来られますか』と言われた。

「いますぐタクシーで行きます」

『お待ちしております。あまり症状がひどいようでしたら、短期入院も考えましょう』

看護師の落ち着いた声にいくらか理性を取り戻し、誠はタクシー会社に電話をする。今日、バイトが休みでよかった。

痛がる母にゆったりしたワンピースを着てもらい、そっと支えてアパート前につけてくれたタクシーに乗ってもらった。池袋のクリニックまでは二十分ほどかかる。

病を得てから母の状態は一進一退だったが、ここまで痛がるのもなかなかない。代わってやれたら――もどかしい思いを抱えてクリニックに着くと、日頃は大混雑していて診察まで時間のかかる医師が二番目に母を呼んでくれた。容態が悪いとわかったのだろう。

ここは患者自身の複雑なこころを医師だけに明かすというポリシーがあるので、身内でも付き添う場合は前もって申請が必要になる。

「母さん、どうする？」

「……待合室で待っていてくれる？」

「わかった」

母にとてプライバシーはある。誠は頷き、患者でいっぱいの待合室の片隅に立って待つことにした。

診察室と待合室を隔てる分厚い扉の向こうでは、どんな言葉が交わされているのだろう。不安になって親指の爪を噛んでいると、ジーンズのヒップポケットでスマホが振動する。

取り出してみると、裕貴からの電話だ。マナーモードにしていたので呼び出し音が響かないのは助かった。

急いで廊下に出て、「俺だ」と答えると、『誠か』と嬉しそうな声が返ってくる。

『今日、よかったら久しぶりに夜走らないか。あの辰巳第一パーキングエリアで……』

「だめだ。いま病院なんだ。……母親の具合が悪いんだ」

『なんでいままで言わなかったんだよ』

裕貴の声が一気に低くなる。まさかの事態に焦っているようだ。

「言うタイミングがなかった」

心配する裕貴に、母のことをかいつまんで話した。母ひとり子ひとりで住んでいること。母の病のこと。

『線維筋痛症……』

やはり、裕貴も知らないようだったので、簡単に説明した。いろいろな原因が考えられるが、主にストレスから来るらしい全身の痛みのことを。強い薬を飲んでも眠れない夜がいくつもあることを。完治できるかどうかもわからないことを。

『そう、だったのか……』

「治療が困難なんだ。今回はかなり痛がってるから、短期で入院するかもしれねえ。……あ、看護師さんが呼んでる。またな」

返答を待たずに電話を切り、診察室の扉の向こうから手招きをしている看護師と主治医に駆け寄った。

中に招き入れられると、母の姿はない。とりあえず、椅子に座るように指示された。普段着に白衣を羽織った医師は、誠を怯えさせまいと穏やかな表情だ。

「痛みが強いようだから、隣の処置室で点滴を打っているんだ。今回は相当つらそうだね。家での療養も大変だろうから、十日間ほど入院してみるのはどうかな？　その間に、万が一のことも考えて再検査もしよう」

　万が一、と聞いて血の気が引いていく。

「いやいや、そう慌てないで。お母さんの病気はいますぐ命に関わるというものではない。ただ、痛み止めのせいで内臓に負担がかかっているような気配があるからね」

「たとえばどこらへんですか」

「腎臓（じんぞう）だね。血圧も少し高めのようだし、ここはしっかり調べておこう。ね？」

　信頼している医師に言われ、「……はい」と頷いてくちびるを噛んだ。

　いまここで自分ができるのはただ焦って判断を鈍らせることではない。母が痛がらない環境を考えてあげなければ。

　この病院はさほど大きくないのだが、入院用のベッドはある。そこですぐに誠は受付で入院手続きを取り、頭の中で預金通帳を開く。

　残高、いくらあっただろう。ハーレー以外にはまったく贅沢をしていない誠なので、百五十万ほどの蓄えはあったはずだ。母のための保険にも入っているので、そちらにも連絡をしなければ。

　処置室に戻ると、奥のカーテンが開いていて母が手を振っていた。

「どうだ。痛みのほうは」

「もうだいぶいいみたい。私、入院？」

「ああ。痛みが強いみたいだし、せっかくだからこの際しっかり検査もしておこうって」

「そう……」

母が顔を曇らせたのは一瞬だ。誠の手をやさしく握り、「ちゃんと調べてもらうから」と呟く。

「ごめんね誠、ひとりにさせて。お母さん、ちゃんとよくなるから待ってて」

「当たり前だろ。毎日うるさく見舞いに来るから覚悟しろよ」

「ふふ、待ってるね」

点滴が効いたのだろう。頬に赤みが戻り、有希子はうっすらと微笑んでいる。

つらい時期は雑音すら痛みになるので案じていたが、ちょうど個室が空いていたから、そこに入って点滴を続けてもらうことにした。もちろん入院費はかさむが、有希子の安心をいまは確保したい。

うとうとしている有希子にはとにかく静かな個室でゆっくり寝てもらうことにして、誠は急いでアパートに戻ると、入院の準備を調えることにした。

そこでまた裕貴から電話がかかってきた。

「なんだよ」

『心配でたまらないんだ。俺にもなにか手伝わせてくれないか』

裕貴の必死な声にこころが揺さぶられる。ほんとうは自分のことでいっぱいいっぱいになっているはずなのに。他人のことをここまで気に懸けてくれる相手を無下にするほど自分は冷酷ではない。

むしろ、車で入院に必要な荷物を運んでくれるのなら助かる。

急いで住所を告げると、『わかった、すぐ行くからな』と裕貴は電話を切った。

誠は気を取り直してタンスを開け、有希子のパジャマや下着をそろえる。親子とはいえ、女親の下着を扱うのは少し動揺するが、そうもいっていられない。タオル類やガーゼハンカチなどもきちんと畳んで　ふたつある古いボストンバッグに詰め込んだ。

部屋のチャイムが鳴る前に、車の派手な排気音が聞こえてきた。窓からのぞくと、案の定裕貴のランボルギーニだ。錦糸町という下町にまったく似合わないなとちょっと苦笑いしていると、車から降りてきた裕貴がこちらに気づき、手を振ってくる。

それから間もなく、部屋のチャイムが鳴った。狭い玄関の扉を開けると、身長の高い裕貴が眼前に立っている。ラフな黒いVネックのTシャツと足の長さを引き立てるジーンズが様になっていて、まるでモデルのようだ。

「お母さん、大丈夫か」

最初のひと言がそれだったことに、こころから安堵した。

裕貴のこころは本物だ。

「狭い部屋ですまねえな。このボストンバッグを運んでもらえるか」

「了解。……そうか、ここにおまえとお母さんが住んでるんだな」

ぐるりと見回せばおしまいの部屋に、恥ずかしくなる。お坊ちゃん育ちの裕貴にとったら、こんな部屋、物置よりも狭いだろうに。

「今度ゆっくり上がらせてくれよ。落ち着く」

「……わかった。あまりじろじろ見るな」

「じゃ、今度もっとゆっくりできるときにじろじろ見てやる」

裕貴は粋に肩を竦め、誠からボストンバッグを受け取りラゲッジスペースに押し込んだ。それからふたりで、急ぎランボルギーニでクリニックを目指す。車は近くのコインパーキングに停めることにし、「少しだけ挨拶できるか？」と訊いてきた裕貴に頷いた。

有希子がいる個室の扉をそっとノックし、まずは誠が顔をのぞかせた。

「母さん、起きてるか？」

「誠」

有希子は少し前にちょうど目を覚ましたようだった。クリニックに来るまでは青ざめるほどの痛みに襲われていたのだが、適切な診察と点滴が効いたらしく、いまはやさしく微笑んで身体を起こしていた。まだワンピース姿で、これから誠が持ってきたパジャマに着替えるところなので、裕貴を紹介するにはちょうどいい。

誠はしっかりと息を吸い込み、「……ちょっと紹介したい奴がいるんだ」と裕貴を隣に立たせて部屋に入る。

「――こいつ、宮島裕貴っていうんだ。その、ダチ、……みたいな奴で」

「お友だち?」

有希子はびっくりしながらも、品のある裕貴に目を移す。

「初めまして。誠さんと最近親しくさせていただいています、宮島と申します。お母様の具合がよくないと聞いて心配で……すみません、出すぎた真似をして。これ、たいしたものではないのですが」

年下とは思えない落ち着きで丁寧に頭を下げ、裕貴はボストンバッグの陰に持っていた紙袋を差し出す。華やかな赤い薔薇(ばら)の模様が描かれた紙袋には、「MIYAJIMA」のロゴがある。

宮島百貨店――ほんとうにあの一流百貨店の御曹司なのだ。

「フルーツゼリーです。いろんな味があるので、もしお口に合えば」

「まあまあ、ほんとうにありがとうございます。うちの誠がお世話になっております。ご迷惑をおかけしていませんか?」

口ではそう言いながらも、有希子はひどく嬉しそうな表情だ。それもそうだろう。誠が友人を母親に会わせたのは、これが正真正銘初めてなのだから。

「迷惑をおかけしているのは僕のほうです。誠さんのバイクが格好良くて、この間初めてうしろに乗せてもらって一緒に海に行ったんですよ」

「その話、ぜひ聞かせて」

すっかりわくわくした顔の裕貴が椅子に座り、身振り手振りで湘南への小旅行のことを話して聞かせている。そのうしろで、誠は彼にもらったばかりの紙袋をのぞいた。保冷剤が入っていたので、すぐに食べられそうだ。

「母さん、ゼリー食べるか。美味しそうだ」

「なにがあるの？」

「ピーチ、ラフランス、ブラックチェリー、パイン、ミルクゼリーもある」

「じゃ、ラフランスをいただこうかな。裕貴さん、ありがとうございます」

「いえいえ、こんなのはいつでも」

「裕貴おまえも食べるか」

「ん、じゃあ、誠と半分こにするか。ブラックチェリーは？」

「いいな」

誠もパイプ椅子に腰掛けてゼリーの容器の蓋をぺりっと開け、プラスティックのスプーンを挿し込む。そしてひと口。ジューシーなチェリーが濃密だ。すると横から手が伸びてきて、「俺も」と裕貴もゼリーを頬張る。

「いまうちでいちばん人気のあるゼリーなだけあるな」

「あら……もしかして裕貴さんって、……あの宮島百貨店の一族の方なの？」

「お恥ずかしながら不肖の息子です」

さらりと答えた裕貴に、有希子は目を丸くする。

ジューシーなチェリーを噛み潰しながら、湘南の海の広さを楽しそうに話す裕貴と有希子の会話に聞き入る。有希子はベータなので、アルファに対してそこまで劣等感はないが、やはり相手は宮島百貨店の御曹司。それなりに緊張するだろうかと思っていたのだけれど、裕貴が率先して話を拡げていったので、部屋の空気はだいぶ和やかだ。そのうち、裕貴の学校の文化祭に行った話にもなった。

「焼きそば美味しかったよな、誠」

「お坊ちゃん学校にしてはそれなりに」

「ふふ、私も食べてみたい」

「僕、焼きそばぐらいは作れますよ。お母さんの身体がよくなって家に戻れたら、すぐに作りに

行きますよ」

「ほんとうに？　私、甘めのソースが好きなの」

「あっ、僕もです。紅ショウガもないとダメですよね」

しょうもないことで盛り上がっているふたりのそばで誠は苦笑いし、裕貴と交互にゼリーを食べ終えて残りは備え付けの冷蔵庫にしまう。

そうこうしているうちに看護師がやってきて、「三上さん、検査のお時間ですよ」と告げた。

「あ、じゃあ私、着替えますね」

「なら、また明日来るよ、母さん、心配しないでちゃんと診てもらえな」

「僕もまた寄らせてください」

有希子はかすかに上気した顔で裕貴の手をそっと握り、「今日はほんとうにありがとうございます。誠をよろしくお願いします」と頭を下げている。

「お母さん……」

「誠は少し乱暴で無愛想で、頑固なところがある子ですけど、いつも一生懸命なんです。お友だちを連れてきてくれたのも初めてで……きっと、裕貴さんがとてもよくしてくださっているんでしょうね」

「いや、僕は……」

「誠が悪いことをしたら、ちゃんと叱ってくださいね」

冗談めかした言葉に、真面目な顔をしていた裕貴もやっと笑う。そして有希子の手に自分の手をそっと重ねて、「また、来ます」と言う。

にこにこしている有希子に手を振って、ふたりして病室を出た。静かなクリニックをあとにし、コインパーキングに停めているランボルギーニに戻ろうとすると、裕貴がふと足を止め、「なあ」と振り向いた。

「あそこの公園に寄ってかないか？　ちょっと缶コーヒーでも買ってさ」

「暑いぞ」

「アイスコーヒー奢ってやる」

ふんと鼻を鳴らし、病院から数メートル離れたところにある公園に立ち寄ることにした。

照りつける太陽は真夏そのものだ。もうすぐ八月なのだ。自動販売機でアイスコーヒーを二本買ってぶらぶら歩き、大きく緑の枝が張り出した桜の根元にあるベンチに腰を下ろすことにした。春には薄いピンクの花びらを散らす桜が誠は大好きだ。夏は濃い緑の葉を茂らせてくれるのもいい。

この公園はクリニックのすぐ近くにあるので、入院患者の憩いの場にもなっているようだ。パジャマを着て車椅子に乗っている患者が気持ちよさそうに陽射しを浴びている。

「……今日は無理言ってお母さんに会わせてもらってごめんな」

「や、こっちこそ気を遣わせてすまねぇ。差し入れも……ありがとう。母さん、ゼリーが大好きなんだ。あんな高級品めったに食わせてやれねぇし」

「毎日持ってくるよ」

破顔一笑する裕貴が、「おまえの家族なんだし、俺だって大事にしたい」と言う。

その温かな言葉に、誠は顔を引き締めた。

「なんでそこまで」

「おまえが好きだからだよ」

「俺がオメガだからだろ？　運命の番とやらいうシステムに踊らされているだけの話だろ？　俺だってたまたまフェロモンを出していただけで……」

「違う」

言い切って、裕貴はベンチの背に深くもたれかかり、高く足を組む。公園のベンチなのにやたらに格好良くて、悔しいが見とれてしまう。裕貴の横顔はとくに男らしい。頬骨の高さが貴族的で、鋭い目元なのだが笑うと目尻が甘く崩れる。高い鼻梁、厚めのくちびる。どのパーツも神様が慎重に配置したような、アルファの中でももっとも優れたアルファだ。

そんな男がまっすぐに自分を射貫いてくる。

「確かに誠はオメガだし、俺はアルファだ。でもそれはただの記号に過ぎない。俺たちは同じ赤い血が流れる人間だろ？　そこになんの違いも、差もねえよ。……最初に出会ったときから、ひとりで潔く行動しているおまえに惹かれた……片意地を張ってるのかもしんねえけど、おまえはマジで頑張ってる。お母さんのために、自分のために……それに、失った秋留のためにも。その愛情深さにぐっと来たんだ」

　そこで思い出したようにアイスコーヒーのプルタブを開け、裕貴はひと口飲む。

誠も同じようにして、冷たいコーヒーを口に含む。口内に拡がる苦味に酔いたい気分だ。

裕貴は、なにか大切なことを言おうとしていた。隣にいれば、そのことがわかる。

「誠は俺と違って群れることを喜ばない。誰かを従わせて満足することもしねえ。でも、……愛する誰かのために尽くす。それが、俺は心底羨ましくて、妬ましいんだ」

「羨ましい？　妬ましい？　は、御曹司の嫌みかよ」

「本音だ。おまえに出会って、俺は薄っぺらい人間でしかねえってわかっちまった。宮島百貨店の御曹司のアルファ。そんな肩書きに近づいてくる奴の中身が空っぽなら、持ち上げられていい気になっている俺だってバカだ。……ただ俺は、夢が見たかっただけなのかもしれねえな。寄ってくる人間がみんな愛してくれてるっていう、バカすぎる夢」

「いや、それはべつにバカでもなんでもねえだろ。ほんとうにおまえを慕ってる奴だって大勢いるだろ。文化祭でおまえに話しかけてきた奴は少なくともこころから裕貴に憧れてるのがわかったぞ」

「そう、かもな。でも、……それ以上は突っ込んでこねえよ。立場が違うからとか、恐れ多いとかいろいろ言われて、遠巻きにされてるだけだ」

「『ソリッド』でもか？　あっちは高級車をそろえてみんなで自慢し合ってるんだろ。俺にはアホとしか思えねえけど、同じ趣味を分け合ってる仲間じゃねえか」

「その中でも俺は浮いてるんだ。金がありあまって使いきれねえから、いまのランボは半年乗ったらマセラッティに替える予定だし、女だって俺の肩書きに酔ってるだけだ。もし、俺がアルファじゃなくて、容姿にも金にも恵まれない男だったら、誰も振り向かないよな、きっと」

「なんなんだよ、おまえは。ガキか。なにが言いてえんだよ」

先の見えない会話に焦れて小声で怒鳴ると、裕貴が目と目を合わせてきて、「――おまえを」と呟く。

「おまえを愛してる、誠。おまえを愛していくことで俺をまっとうな男にさせてくれ」

「――は？」

思わず缶コーヒーを取り落としそうになった。なにをどうなったら、愛の告白に繋がるのか。

足元に落ちる濃い葉陰を見つめ、それからゆっくりと裕貴を見つめる。彼のほうはずっと視線を向けていたようだ。冗談やからかいを言っているのではないことは、缶コーヒーを両手でぐっと握り締めているからわかる。指の節が白くなり、手の甲も筋張っている。

裕貴はその手で誰かを殴り飛ばしたことがあるはずだ。足蹴にしたこともあるだろう。初めて会ったときの余裕を思い出すと、小競り合いには慣れている気がする。たぶん、チーム同士の抗争だって何度か経験しているだろう。赤いランボルギーニを先頭にして走っているチームがいたら、くだらない因縁をつけてくる奴は大勢いるはずだ。そんなとき、裕貴は仲間にだけ手を汚させて、自分は悠々とうしろに控えている——とはまったく思えない。むしろ、率先して突っ込みに行きそうだ。

そんな裕貴が、祈りにも近い真摯な表情で自分を見つめ、「おまえを愛したいんだ」ともう一度言った。

「裕貴……おまえ……」

「暑さでバカになったとか勘違いしてるんだとか言うなよ。俺だって、こんな気持ちは初めてなんだ。……格好悪ぃこと言うけどさ、俺はなんでも与えられている立場に見えるだろうけど、こころから愛されたことはないんだ。親にも、他人にも」

ぽつりとした言葉が夏の青い空に吸い込まれていく。

ベンチの背にもたれて空を見上げている裕貴に倣って、誠も足を投げ出し、顔を上向ける。雲ひとつない空は真っ青で、じわじわと暑さが肌に伝わってくる。まぶしい陽射しが降り注ぐ夏は好きな季節だ。ツーリングにもってこいのシーズンだし、都会の端に住んでいても空が広い気がするのだ。ただ、どうしても薄着になるので、不用意にヒートしないよう気をつけなければいけないが。

「宮島の一族は、アルファだけなんだ。血統書付きだぜ、ほんとうに。父方母方、どっちの家系を遡ってもアルファのみだ。いとこのいとこのまたいとこぐらいになればベータもいるが、オメガはいない。……いたかもしれねえが、どこかでもみ消されたんだろうな。それぐらい、純粋なアルファを作ることに余念がないんだ」

「日本でいちばん歴史のある百貨店だもんな……そのぐらい意識が高くねえといろいろと……」

「難しい、とでも言うか？　そんなことねえよ。自分たちが下になりたくないだけだ。いつでもアルファが上位の存在で、ベータはそれを支えるだけ、オメガに至っちゃいないも同然だ」

日頃やさしくて男らしい裕貴にしては声が乾いていて、不安になる。

「……俺が幼い頃、うちに男の庭師がいたんだ。まだ若くて、一生懸命だった。先輩の庭師に怒られても頑張って仕事を覚えようとしていた。そいつは、ベータだった。俺に会うといつも笑顔で、『こんにちは、いいお天気ですね』って声をかけてくれたよ。父も母も、自分の地位を守るのと俺の体面を守るのに必死で、おはよう、なんて言われたことがなかったぜ。でもそいつだけは違った。すげえ人間らしかった。生まれたときから乳母がついて、両親の愛情の欠片も知らなかった俺に、そいつだけはほんとうにやさしかった。笑えるだろうけどよ、俺、親の手料理を一度も食べたことないんだぜ」

裕貴は自虐的に笑う。

庭師は、まだ二十代前半だったらしい。毎日汗をかきながら宮島邸の庭を手入れし、ひとりあてどもなく散歩している裕貴を見かけると、親しげに声をかけてきたのだとか。

「学校は楽しかったですか、とか、どんな授業が好きですか、とかさ。他愛ないことばっかだけど、親も召使いたちも興味を示さないような俺の日常を、そいつは楽しげに聞いてくれた。だんだん俺はそいつに懐いて、庭にいる時間が長くなった。四阿で宿題をして、庭師の仕事を見守った。たまに、召使いに飲み物やおやつを多めに運ばせて、ふたりで内緒で食べたこともあった。……でも、あいつ、ある日急に辞めさせられたんだよ」

「なんで。仕事で失敗したのか」

「違う。家から少し離れたところにできたコンビニの店員として働いていたオメガの女性と恋に堕ちたんだ。それで『一緒に暮らすことを許していただけますか』とバカ正直に先輩の庭師と俺の両親に打ち明けた。結果は、クビだ」

「そんな……まだ、つき合いたてだったんだろ」

「それでも、オメガが近づくことを俺の両親は恐れたんだ。うちの召使いですらベータだけだ。いつ、そのオメガの女性がうちに入ってくるかわからない——そんなことになったらフェロモンでそそのかされる奴が出ないとも限らないって……俺がいる前で堂々と言い放った。『オメガは血を汚す』、ってな」

「……」

言葉が、出てこない。

血を汚す、とまで言われたのは初めてだ。確かに認めがたいだろうけれど、そこまで唾棄すべき存在として見られていたとは。とくに、オメガ男子を嫌悪するアルファやベータが多いことは誠もよくわかっている。男なのに、妊娠も出産もできるのだ。ひとを欲情させるだけさせて子どもまで産んでよく恥ずかしくないよなと、以前少しだけいた保護施設の職員がこっそり嘲笑していたのを聞いてしまったことがあったのだ。

頭の中が煮えるほどの屈辱と恥辱に見舞われた。好きでこの身体に生まれたわけじゃない。フェロモンだって、ほんとうだったら出したくない。せめてベータに生まれていれば。

何度そう思っただろう。何度死のうと思ったことだろう。でもそのたび、有希子をひとり残していけないと思いとどまったのだ。有希子はベータだったのに、オメガの誠を産んだ。有希子の祖母がオメガだったせいか、隔世遺伝だったようだ。自分さえ産まなければ、いまごろ有希子は愛人だとしてもしあわせな日々を送れていたかもしれないのに。

「汚れた血、か……」

「汚れきってるのは俺たちアルファだ。アルファという特権階級にすがってのさばって、腐りきってる。俺は、アルファの自分を好きだと思えたことは一度もねえよ。でも、……でも、おまえに出会った瞬間、身体中が熱くなった……こいつだけは俺が愛していきたい。守って、支えて、大事にしてやりたい。こころからそう思えた、たったひとりの運命の番なんだ」

力強く言う裕貴が手を摑んでくる。

「おまえだけは絶対に離したくない。血なんか汚れたって構わねえ。これは俺の身体だし、おまえを愛したい身体だ。俺は、アルファとして、運命の番としてというだけじゃなくて、ただひとりの男として誠を愛させてほしいんだ。——頼む」

頭を下げられてしまえば、慌てて肩を摑むしかない。

「やめろバカ、そこまですることじゃねえよ」

「でも」

「……裕貴の言い分は、わかった。ちゃんと考えるから……少し、時間をくれないか」

「どれぐらい？」

求められて、言葉に詰まる。胸の底からせり上がってくる熱い塊は、間違いなく愛情だ。ここまで欲してくれる裕貴へのまっすぐな想いだ。

だがそれを口にするには空が青すぎるし、まだ昼間だし、有希子のクリニックだってすぐそこだ。

「じゃあ、……一週間後に」

「わかった。いい子で待ってるからな」

期限を切られてますます胸が高鳴る。どうかすると、摑まれた指先を握り返して、流されてしまいたくなる。

必死にそこから意識を離し、有希子が眠っているだろう目と鼻の先にある白いクリニックに視線を移した。

「俺は正直なところ……どうなってもいい。オメガだし……。でも、母さんだけは守りてえ」

裕貴はしばし口を閉ざし、じっと考え込んでいた。缶コーヒーを手の中で転がし、「それは……」とちいさな声で言う。

「ちょっと違う気がするな。誠、おまえは、『守りたい』って思いをこころの支えにしてるのかもしれない」

「どういう意味だ」

「おまえは誰よりも強くてやさしい。自分の母親をその手で守ろうと精いっぱい頑張ってる。そんなおまえを守りたい俺がいる。ぶっ飛ばされる覚悟で言うが、おまえにだってきっと弱いところがある。そして、そんなおまえだからこそ誰かに守られて休む必要があるんだよ」

そんなふうに考えたことがなかったから、目から鱗が落ちるような思いだ。弱いところがあると指摘されてぶっ飛ばしたくなることはなく、そうか、そうなのかもしれないとすとんと納得できるところがあった。裕貴が言葉を選び、やさしい語調で言ってくれたおかげだろう。

「そんなふうに考えたことがなかった……」

「だったら、俺たち一緒にいる意味があるかもな」

ふわりと笑う裕貴の陽射しが煌めく黒目に、——好きだ、といま、はっきり確信した。

見た目も育ちも極上のアルファなのに、こころはがらんどうだ。ありあまる金でその隙間を埋めようとしてきたのだろうけれど、彼がほんとうに欲しいのは高級車でもなく美しい女性でもなく、お世辞のない、本物の愛情なのだろう。誠が運命の番だったからか、それとも誠にただただ一目惚れをしたのか、どっちが先だかわからないが、自分だって同じような気持ちだ。出会い頭に『運命の番だ』と言われて唖然としたものの、裕貴を前にすると不思議と平静ではいられず、肌に触れることをなんとか許した。このまま流れに任せてしまえば、きっといますぐにでも最後までできる気がするが、その前にきちんと気持ちを確かめておきたいらしいところに裕貴の律儀さを感じる。大胆に見えて細やかなところに気が行き届くから、学校でも生徒会長を務められるし、チーム『ソリッド』をまとめることもできるのだろう。

ただ顔がいいだけの傲慢なアルファじゃない。裕貴は、『おまえを愛させてほしい』と請う、正直で真っ当、そしてちょっと可愛い男だ。

そんな裕貴に自分も強く惹かれている。

おまえが好きだ、裕貴。立場が違っても、アルファでも、たとえ運命の番でなかったとしても、俺はおまえが好きだ。一週間を待たずとも言いたいけれど――いまはまだ、認めたばかりのこの気持ちを大事にしたい。

胸の裡で甘い思いを噛み締めていると、裕貴がぐうっと両手を空に突き上げる。

「あーあ……このままおまえとどこかに行ければいいのになぁ……」

「忙しいのか。学生はもう夏休みだろ」

「最近、『ソリッド』のほうがちょっと厄介なことになってんだ」

「仲間内の揉め事か」

「や、六本木を島にしているヤクザが絡んできてるんだ。俺らがよく集まるクラブの売り上げを掠め取りたいらしい。渋谷や六本木で幅を利かしたいなら、それなりの金を納めろってよ。金だけならべつにいいが、変な上下関係が生まれそうで悩んでる」

「なるほどな……」

こういうとき、一匹狼の自分ではほとんど役に立てない。バックに大きな組織がいるわけではないので、『ソリッド』を支えてやることができないのだ。

「悪ぃ、力になれなくて……」

「なに言ってんだよ。こういう話ができんの、誠だけだぜ。俺、見栄っ張りだからさ、チームでも学校でもいい顔しか見せてねぇの。俺の弱点はおまえだけにしか見せない」

髪をひと房引っ張られ、身体が彼のほうに傾ぐ。肩と肩がぶつかり、体温が伝わってくる。裕貴も夏の太陽で汗をかいているようだ。雄っぽい匂いにどきりとなるが、発情している場合ではない。

あえて有希子のことを思い浮かべて裕貴のことは意識せず、でも、身体は離さない。

「おまえ、そんな厳しい家に育ってきてよく『ソリッド』なんてチームを背負ってんな。両親は知らないのか？」

「んなわけねぇよ。全部知ってる。ランボだって親が買ったんだしさ。でも、『ソリッド』もアルファで占められてっから問題ないんだよ。ま、『喧嘩なんて野蛮なことはやめなさい』って耳タコだけどな」

「警察沙汰になったことはないのか？」

「そうなったとしてもうちの親が揉み潰す」

「……おまえ、早く独立しろ。ろくな大人にならねぇぞ」

「だったら、大学に受かったら誠と一緒に暮らそうかな」

嬉しそうに身を寄せてくる男の頭を軽く小突き、誠は空になった缶コーヒーを片手に立ち上がった。

「もう行く。今夜『ソリッド』で走るなら喧嘩すんなよ」

「そいつはヤクザに言ってくれよ」

裕貴も立ち上がり、隣を歩く。

このままさりげなく手を繋いで、あの狭いアパートに連れて帰りたい。そして、時間を忘れて抱き合いたい。

そんなふうに考えて、誠はかすかに頬を赤らめた。

これは一時的なヒートではない。

確かな、恋の感情だ。


一週間後に返事をする。そう約束して、煩悶するうちにあっという間に数日が過ぎた。

毎日バイトに出かけ、隙間を見つけて有希子の見舞いへと行く。有希子は幸いにも入院してきちんとした治療を受けていることで、ずいぶんと容態が安定したようだ。ベッドに横になっていることも多いが、いつ行ってもにこにこと笑顔で、「誠、来てくれたんだ」と迎えてくれた。そして、あれこれと請われるままに話す。仕事のこと、いましがたまで見ていたテレビのこと——いちばんは、裕貴のことだ。

夕方にコンビニのシフトを終えてクリニックに駆けつけると、ちょうど夕飯を食べ終えたばかりの有希子が出迎えてくれた。

「裕貴くんのゼリー、ほんとうに美味しかった。どうもありがとうってよくお礼を言っておいてね。退院したらなにかお返ししなきゃ。なにがいいかな。いいところの方だし、普通のことじゃ喜んでもらえないかな……」

「平気だよ。一度、うちに呼んだらどうだ。……その、普通の家庭に憧れてるみたいでさ。手料理が食べてみたいって言ってた」

「ほんとうに？　じゃあ、お母さん頑張って特製カレー作っちゃおうかな」

「いいな。俺も久しぶりに母さんのカレーが食いたい」

有希子が調子のいいときに作ってくれるカレーは野菜がゴロゴロと大きめで、タマネギをしっかり飴色になるまで炒めてあるので、こくがある。ルウはインスタントだが、仕上げにスパイスを数種加えているので、ついつい皿いっぱいのカレーをお代わりしてしまうぐらいだ。

「裕貴くんによろしくね」

「わかった。また明日来るな。なんか欲しいものあるか？」

「うーん……あ、じゃあ、枕元の棚から文庫本を数冊持ってきてくれる？」

「わかった」

この個室にはテレビがついているのだが、読書家の母のことだ。夜はたいてい慣れ親しんだ本をめくるのが癖になっているのだ。

希望の本のタイトルをスマホに書き留め、挨拶をして病室を出た。さて、このあとはいったんアパートに戻って眠り、また明日の朝、仕事に出る。ゆっくり風呂に入ってテレビをなんとなく観ていても、まだ夕方の六時だ。どうしようか。仕事までには時間があるから、久しぶりにどこかにひとりで飲みに行くか、それともハーレーに乗ろうか。

そう思ったらわくわくしてきた。

ここ最近忙しくてろくに乗ってやれなかったのだ。急いでバイカージーンズに穿き替え、薄手のウインドブレーカーを羽織る。バイク乗りはまず自衛だ。半袖で乗ってコケたら目も当てられないので、暑くても長袖を着ることにしている。

愛用のメットを持って外に出て、アパート前のちいさな駐輪場に停めてあるバイクからカバーを取り去る。毎日チェックだけはしているから、どこもかしこも綺麗だ。

エンジンをスタートさせると、ドッ、ドッ、ドッ、と腹の底まで響く低い迫力のある音。どっしりとシートに跨がり、太いボディを腿で挟み込む。通りすがりのランドセルを背負った男の子がぼうっと見とれていることに気づき、軽く手を振って右グリップでアクセルを開いた。自分も、あのぐらいの頃からバイクに憧れていた。そして、秋留の兄貴に。

兄貴、俺、マジで好きな奴ができたんだよ。笑うか？　相手はアルファだ。どう考えても苦労しそうだよな。

ひとり笑って、夏の夕暮れをのんびりと走っていく。街中でハーレーは目立つので、やっぱり首都高に乗ることにした。環状線を何周か走ればすっきりするだろう。

平日の夕方、首都高はそれなりに混雑しているが、週末ほどではない。安全運転で進めていき、見慣れた景色を楽しんだあとに、いつもの辰巳第一パーキングエリアに寄ることにした。

水曜の夕方だ。休憩のための大型トラックや普通自動車しかおらず、平穏だ。週末のマイカーお披露目会が異常なのだ。まあ、そんな自分も他のバイクや車が見たくて来ているのだが。

バイクを端に停め、スタンドを立てる。それからトイレに寄り、ぶらぶらと自動販売機に近づき、なにを買おうかしばし悩んで、めずらしくソーダ水を買った。

裕貴との文化祭を思い出したのだ。なにも怖いことがない、アルファやベータ以外は人間じゃないと信じきっているある種平和な学校の生徒たちの笑顔を思い出すと口の中が少し苦くなるが、あまり悪い気分ではない。晴れた夏の夕空の下にいて、愛車を駆ってきた。そして、この胸の中には裕貴が棲んでいる。

狭いベンチに座って爽やかなソーダ水を飲んでいると、真っ白なフェラーリが派手なエンジン音をともなって入ってきた。舐めた感じで車を停め、いかにもチャラいアロハシャツを着た男が降りてくる。その顔を見て、はっとなった。

以前、ここで誠のバイクを蹴った『ソリッド』のメンバーだ。

最初に誠のハーレーを嘲笑し、その足でタイヤを蹴り飛ばした奴だからよく覚えている。

思わず目を離せずにいると、向こうも気づいたようだ。

「あー？　おまえ……もしかして、この間の」

「……っんだよ」

身構えると、男は肩を竦め退屈そうにベンチの端に腰を下ろす。胸ポケットから煙草を取り出して咥えるので、「おい、喫煙所に行け」と咎めると、「火は点けねえよ」と返ってきた。

今日は彼ひとりらしい。あの夜みたいに大勢の仲間はいないようだ。

「おまえ、こんな時間でもひとりで走ってんのか」

「べつに構わねえだろ。そっちこそ、今日は数に物言わせてんじゃないのか」

声を低くすると、男は苦笑いし、ジャリッと足下を踏みしめる。ビンテージもののアロハに合わせてか、足元は意外にもコンバースだ。こなれたジーンズ姿からしても、いかにも金持ちで遊び慣れているといった風情だ。

「頭の裕貴がさぁ……なんつうか、ここんとこノリが悪くてよ。最近の『ソリッド』はなんとなくバラバラなんだ」

「そう、……なのか？　どうして」

「知らねえよ。もともと俺たちとは格が違いすぎるアルファだし、もうチームごっこは飽きたんじゃねえの？　春には大学生になるしよ。アホとつるんで車流してる暇もねえだろ。仮にも宮島百貨店の御曹司だしな」

男は洒脱でたぶんアルファだろうが、もっと上質な裕貴を知っているだけに、やはり見劣りがする。火を点けたそうにしてライターを弄っているけれど、近くのトラック運転手にじろりと睨まれて仕方なくポケットに戻している。

やはり、彼も誰かと群れていたいのだ。つるんでいれば大きなことができるのだ。けれど、ひとりでは防御本能が働くのだろう。

「じゃあな。裕貴に会ったらたまにはいつものクラブにも顔を出せって言ってくれよ」

「てめえが言えばいいだろ。同じチームなんだし」

「——でも、いまはたぶんおまえのほうが親しいんだろ？　ウチの文化祭にも来てたぐらいなんだしさ」

男は不思議そうな顔で言い、さっさと車に戻っていってしまった。

ひとり残された誠は茫然としていたが、じわじわと顔を赤らめた。

なぜ、裕貴と親しいことがバレたのだろう。運命の番というのは周囲にもわかってしまうものなのだろうか。いや、彼は誠が文化祭に訪れたことを口にしていたから、裕貴と同じ学校の生徒なのだろう。

だが、男はべつにからかっているふうではなかった。ただ当たり前のように、『親しいんだろ?』と言っていただけだった。

裕貴のことだからとくに無用な話は周囲に漏らしていないと思う。ならば、やはりそういう雰囲気を放っているのだろうと思うと、多少恥ずかしい。

ソーダ水を飲み干してしばしそのまま三十分ほどぼんやりしたあと誠もバイクに乗り、車線に戻る。

もう少し高速を走り、そろそろ家に戻ろうかと思ったが、堂々たる六本木ヒルズが見えてきた頃、一般道路に降りてみる気になった。

このへんなら結構派手なバイクや車がいて、ハーレーもそう悪目立ちしない。

有名な六本木交差点に差し掛かったので、左に折れて、東京タワーを目指すことにした。すると、とあるビルの前にひとが群がっているのが見えた。見覚えのある真っ白なフェラーリも。

なにかの行列だろうかと思ったが、違うようだ。なんとなく剣呑とした雰囲気に煽られてハーレーを近づけると、エキゾーストノイズでひとびとが振り向く。その輪の中に、うずくまっている男性が見えた。傍らには、拳を固めた男が四人。どうやら喧嘩のようだ。

よってたかってひとりを嬲るというのが気に食わなくて、なにげなくハーレーを道端に寄せてスタンドを下ろすと、柄シャツを着た男のひとりが暗い目を向けてきた。大柄な黒人もいて、下手に手を出すとこっちまで殴られそうだ。

構わずに、両肩を抱えて呻いている奴に近づくと、さっき辰巳第一パーキングエリアで出会った『ソリッド』の男ではないか。

「おまえ、大丈夫か」

すかさずその肩を摑むと、男はすがるようにしてきて、「助けてくれ」と呟く。もう散々殴られていて、見るも無惨な顔だ。瞼は切れて腫れ、頬も赤黒くなっている。鼻の骨が折れていそうだ。

「どうした、なにがあった」

「車から降りたらいきなり殴られて……」

「ああ？　てめえ、誰だ。そいつの仲間か？」

柄シャツの男が嫌みたらしく肩を揺すって近づいてくる。間違いなく、ヤクザだ。たぶんこのあたりを根城にしているのだろう。黒人はボディガードだろうか。盛り上がった肩を怒らせ、いつでも誠たちを殴れるように拳を固めている。

四対二、では分が悪い。しかもひとりはひどい怪我をしている。

「なにがあったかわからねえが、ここまで怪我しているんだ。警察が来ないうちに散会したほうがいいんじゃないのか」

あえて落ち着いた声で言うと、ヤクザは唾を吐き、ますます近づいてくる。

「……ねえ、警察呼んだほうがよくない？」

「ヤバいよー絶対これ」

誠の言葉に、やっと野次馬が騒ぎ始め、それぞれにスマホを取り出す。それを見てヤクザは舌打ちし、「これくらいでやめにしとくか」と言って足を止めた。

「『ソリッド』の頭によーく言っとけよ。このへんでデカい顔がしたいならウチにちゃんと話を通せってな。おい、行くぞ」

柄シャツの男は下品に何度も唾を吐いて、「じろじろ見てんじゃねえよ！」と周囲を威嚇し、立ち去っていった。黒人のボディガードも黙ってあとをついていく。

誠は男の背中を支え、ひどい痣が早くも拡がり始めている顔をのぞき込む。

「ずいぶんやられたな、病院行くか」

「……すまねえな。大丈夫だ、うちが病院だからこっそり知り合いの医師に治療してもらう」

『ソリッド』の男はつらそうに顔を歪め、よろけながら立ち上がる。

「つーか、ヤッべえな……ここまで露骨にやられるとは思わなかったぜ……アンタにも礼を言わないとな。助けてくれてマジありがとよ」

「いや、俺はなにもしてねえ」

「俺はすぐ病院に行く。またちゃんと礼をするから、連絡先教えてくれないか」

痛そうにしながらも男に請われて、誠は戸惑いながらもスマホのメールアドレスを教えてやった。

「悪ぃ。このことは裕貴に黙っておいてくれよ」

「どうして。頭こそ揉め事は知ってなきゃだめだろ」

「ナンバーツーの俺があっさりヤクザにボコられたら、あいつだってショックだろ。頼む。絶対に内緒にしといてくれ。俺もちゃんとやるからさ。じゃあ、またな」

よろけながら男はフェラーリに乗り込み、危なっかしげに走り去っていく。誠はどうするか一瞬迷ったが、必要以上に人目を惹いていることに気づいて、慌ててバイクに跨がりその場をあとにした。

裕貴に打ち明けるかどうか。困ったことになった。

とにかく、裕貴に連絡を入れてみるのはどうだろう。さっきの男も、『最近のソリッドはなんとなくバラバラなんだ』と案じていた。

原因は――たぶん、間違いなく、自分なのだろうと思う。運命の番として出会ったことで、裕貴はこのところ自分に時間を割いている。だから、夜遊びからも遠ざかっているのではないか。

東京タワーの足元でバイクを停め、ウインドブレーカーの内ポケットからスマホを取り出し、裕貴のＳＮＳにメッセージを送った。


『いまどうしてる？　俺はバイクで東京タワーに来ている』


普段なら、わりとすぐに既読のマークがつくのだが、今日にかぎってはなんの応答もない。そのことになんとなく嫌な感じがする。

そういえば、裕貴の告白の答えを出すまで、残り二日だ。

明後日には、はっきりとした返事を出さなければ。気持ちはすでに固まっているけれど、ここに来て裕貴のことが心配で仕方がない。つい先ほど『ソリッド』のナンバーツーがヤクザに殴られていた場面を見たばかりだ。頭の裕貴に至っては、ほんとうに大丈夫なのだろうか。どこかに拉致(らち)されていないだろうか。

軟禁、監禁、激しい暴力の果てにもしも消されたら。

そこまで考えるとぶわっとうなじの産毛が逆立ち、居ても立ってもいられなくなる。

もう、待っていられるか。明後日じゃなくても、いますぐ言いたい。

「裕貴、おまえが好きだ。……守りてえんだよ」

低く呟き、ヘルメットをかぶり直そうとして、目の前の真っ赤な東京タワーを見上げる。夏の長い夕暮れに輝く東京タワーは、まるで裕貴のようだ。すっくとそびえ立ち、優美で逞しい。自分には不釣り合いな男だといまも思うが、欲しい。運命の番という括りがなくても、裕貴が欲しい。

まずは、どこにいるか探さなければ。さっきのメッセージは未読のままだから、直接電話をかけたのだが、出ない。胸騒ぎが止まらない。呼び出し音のあとに留守電に切り替わったので、「俺だ。話したいことがある。連絡をくれないか」と短い言葉を残した。

それから、もう一度さっきのビルに戻ってみた。ハーレーでビルの前に差し掛かれば、すでに野次馬の姿はなく、ひとびとがなんでもない顔で通り過ぎていく。よく見ると、ビルの地下にはクラブが入っているようだ。

『ＮＩＮＥ』と描かれた洒落た灰色の看板を見つめる。テナントビルの脇の階段沿いの壁にある集合看板はまだ電気が点いておらず、営業前らしい。きっとここが裕貴たちの集まるクラブなのだろう。ナンバーツーも、このビルの前で殴られていたし。

いったん、様子を見ていこう。そう思ってバイクを路肩に停め、黒い手すりを伝ってクラブへと続く階段を駆け下りる。突き当たりには、表の洒落た看板とは対照的な無骨な鉄の扉が立ち塞がっていた。ノブを回してみるが、もちろん開かない。だが、ふと気づいたことがある。ぴたりと閉じているように見えて、扉の足下からほんのりと灯りがこぼれているのだ。

中には、誰かがいる。靴の擦れる音もする。

クラブの従業員か、果たして。

「……っぐ、……！」

扉にぴたりと耳を当てていた誠はかすかに聞こえてきた呻き声に顔を強張らせた。すぐさま思いきり扉に体当たりし、ドンッと重い音を響かせる。

「開けろ！　おい、てめえらここをいますぐ開けろ！」

拳で鉄の扉を思いきり叩く。痛みなんて感じている場合か。

あの声は、絶対に裕貴だ。裕貴はここに閉じ込められているのだ。

「裕貴！　裕貴、返事しろ！」

大声でわめくと、うるさそうに扉がギィッと内側に開き、思いきり腕を摑まれて引っ張り込まれた。

「っせえな！　てめえもこいつの仲間か？」

ドスの利いた声が耳元で炸裂する。扉の中に待っていたのは、思いがけず広々とした地下空間だった。黒をベースに、シルバーとディープレッドの背の高い椅子が円形のフロアの周囲にぐるりと並んでいる。一角にはボックス席もあり、目を上げるとガラス張りのらせん階段が見えた。自分には縁のない、ＶＩＰルームがどこかにあるらしい。

「――誠」

「裕貴！」

裕貴は、がらんとした円形フロアのど真ん中にいた。背の高い肘掛けのついた深紅の椅子に座り、まるで王者の風格だが、その両手、両足は荒縄で固定され、髪はぐしゃぐしゃに乱れているし、Ｖネックのシャツも無残に切り裂かれ、胸から腹にかけて青や赤黒い痣が拡がっていた。彼を囲むように、三人の黒シャツ、黒パンツを身に着けた屈強な男たちが立っている。

そしてなにより、その顔の真ん中を横切るように傷が残っている。浅い傷かもしれないが、ついさっきナイフで切られたのか、端から赤い血が滴っていた。

それを見た瞬間、カッと頭の中が熱くなり、息が止まる。身体の底からぐうっと熱の塊がせり上がってきて、――は、と息するなり、どろりと重たいしずくのようなものが肌の外に染み出していくようだ。

「あ？　おまえさっきも外で俺らの邪魔をしたな」

下品な声とともに、覚えのある柄シャツの男が近づいてきた。少し前、ビルの前で『ソリッド』ナンバーツーを殴り倒していた男だ。

いつの間に裕貴を捕らえたのだろう。大勢で殴り、傷つけ、従わせようとするその反吐が出るような高圧的な姿勢に誠はぐっと目尻に力を込めて男を睨み据えた。

目が合った瞬間、男がひゅっと息を呑む。どうしようもなく身体が熱く昂ぶり、誠はなにも考えられずに頭を低くして突進し、男の腹を摑んで重たい頭突きを食らわせた。

「ぐうっ！」

「なにすんだてめえ兄貴に！」

「いい度胸だな。ウチの組に喧嘩売るのか」

「威勢のいい兄ちゃん、おまえもこいつみたいに……」

拳の骨をぽきぽきと鳴らし、裕貴のそばを離れて近づいてくる男が誠の前に立つなり、目を剝く。

「お、おまえ……」

「なんだ、なんなんだよ、早くそいつをやれよ！」

裕貴の左に立つ男が怒鳴るが、誠の前に立つ奴はまじまじと見入り、息をするのも忘れているようだ。その額に汗が滲み出し、黒いパンツの前が硬く盛り上がってきたのを認めると、間髪(かんはつ)を容れずに誠は鋭い膝蹴りを斜め上に繰り出した。

「う、あっ！　あ、あぁっ！」

急所を直撃されて男が悶絶し、床に転がる。

「てめえ、なにしやがる！」

左側の男が我を忘れて突っ込んできたので、誠は息を吸い込み一瞬の隙を狙って高々と左足を振りかざし、脇腹に強く蹴り込んだ。安全靴の爪先からボキリと嫌な感触が伝わってくる。

「うぐ、っ、……うう……っ！」

あっという間に三人の男が倒され、裕貴の背後でナイフを持っていた男が全身を細かに震わせながら、切っ先をぎらつかせた。

「近づくんじゃねえよ！　それ以上近づいたらこいつを――」

「どうするんだよ」

誠は沸騰したまま大股気味に裕貴と男に近づく。裕貴は嬲られてぼろぼろの姿なのにその目には力が宿り、誠だけを見上げていた。

「あ、……あ……」

「どうするのかって言ってんだよ。あ？」

言うなり誠はナイフを構える男の腕をぐっと握って斜めにひねり、すかさずその手首に手刀を叩き込んだ。それだけでは収まらず、男の胸ぐらを摑んで強く二度、三度と殴り、五度目で拳にギシッと軋みが走ったところで、「おい！」と裕貴の声が割り込んできた。

「やめろ、もういい、俺はもう大丈夫だ誠。落ち着け。な？」

はっと向き直ると、殴り続けたことで男は顔面血だらけで、呻いていた。即座に男を投げ捨てて裕貴の足元に跪き、拾ったナイフで拘束を解いてやった。肘掛けに括り付けられた手首も。

「大丈夫か。骨は？　折れてないか？」

「ああ、大丈夫だ、どこも折れてねえよ」

切り裂かれたVネックシャツを着た男が言うことか。誠は急いでウインドブレーカーを脱ぎ、彼の肩に羽織らせる。

「ありがとな。おまえが来てくれなかったらどうなってたか」

なだめるように言われ、まだ立ち上がれない裕貴が背中に手を回してきてぽんぽんと叩く。その温かい感触に、息が詰まりそうだ。

「……くそ、バカ野郎！　おまえふざけんなよ、なに勝手なことしてんだよ！　顔に傷残されてんじゃねえよ！」

「誠……？」

「俺の好きな男なのに勝手に傷つけられてんじゃねえよ、俺の好きな顔に――くそ、くそ！　俺がもっと早く来てれば」

「……誠、……まだ二日前なのに、いいのか？」

「は？」

「返事を聞くまで一週間の猶予を設けて、残り二日だった。いまここで俺を好きだって言っていいのか？　……ほんとうにその言葉、信じていいのか？」

両手で頬を包み込まれ、じわりと目元が熱くなる。ふいに大声を上げて泣きたくなり、誠は裕貴の首筋に顔を埋めた。

「バカ野郎……てめえがしつこく食い込んでくるから、いつの間にか……好きになっちまったじゃねえかよ……」

「……誠……」

裕貴が獣のように低く唸り、誠の首を摑むと軽くひねり、うなじをがぶりと嚙み締めてきた。

皮膚の下にまで突き込んでくるような、硬く頑丈な歯。犬歯が鋭く突き刺さり、痛みを呼び起こすのだが、逃げられないし、逃げる気もない。裕貴は念を押すように数度にわたってうなじを嚙み、ようやく満足したところで、べろりと大きく舌で舐め上げてきた。まるで、狼みたいだ。

「あ……」

「これでもう、名実ともに俺とおまえは運命の番だ。……それ以前に、俺はたったひとりの人間としておまえを愛してる。アルファじゃなくても、オメガだったとしても、ベータだったとしても、誠、おまえだけを愛してる。おまえもそうか？　同じ気持ちか？　俺と同じぐらいに欲してくれているか？」

いましがた歯を立てられたうなじを手のひらで覆い、誠は目尻を熱く潤ませながら何度も頷く。男たちを前にしたとき、身体中からかつてないほどの濃密なフェロモンが放出した。突然の怒りに心身のバランスが一時的に崩れたのだろう。それで激しいヒートを起こし、男たちは誠の放つどんな華よりも濃い香りにやられた。中枢神経を狂わされ、一瞬にしてセックスのことしか考えられなくなる男たちの隙を狙うのは簡単だった。

「――おまえ、マジで伝説のオメガなんだな。そのフェロモン、すげえよ。くらくらする……」

息を吸い込み、立ち上がった裕貴ががっしりと抱き締めてきた。

「愛してる、誠。もう絶対に離さねえ。……一週間待つつもりだったが、いますぐ俺のものにしたい」

「でもおまえ、顔の傷が」

「絆創膏(ばんそうこう)貼れば大丈夫だろ」

綺麗な顔をしているのに雑なことを言う男にふっと吹き出してしまい、誠もその広い背中を抱き締めた。互いに、守るように。

床には男たちがまだ呻きながら転がっている。それを見ると、裕貴はジーンズのヒップポケットからスマホを取り出す。

「任せておけ。ここは『ソリッド』が片付ける」

それから誰かに電話をかけて矢継ぎ早に指示を出したあと、誠の肩を強く抱き締めてきた。

「いまから、ホテルに行く。そこでおまえから服をひん剝いて、裸にして、全身触って舐めまくって、今日は最後まで繫がりたい。いいな?」

目と目を合わせて言うことだろうか。はくはくと口を開いたり閉じたりしている誠に、裕貴は余裕たっぷりに笑うが、傷が痛むのかちょっと顔をしかめて甘くくちづけてきた。

「この傷も愛してくれよ」

「……ったりめえだろ」

それからどちらからともなく肩を寄せ合い、ふたりは仄暗い『ＮＩＮＥ』の階段をゆっくりと上がっていった。

傍らから伝わってくる裕貴の体温がいまはひどく嬉しかった。

「前からさ、『ソリッド』は六本木を島にしているヤクザに目をつけられてたんだ。高級車を乗り回してるし、クラブでも派手なパーティを開いている。そこにドラッグを持ち込んで商売したかったらしいが、ウチはドラッグを固く禁じている。取引を断ったら、いろいろ嫌がらせが始まって、とうとうウチのナンバーツーがやられたんだ」

「でもあいつ、おまえに内緒にしてくれって言ってたぞ」

「たまたまあの場にべつのメンバーがいて、すぐに電話をくれたんだよ。で、急いで駆けつけたら今度は俺がまんまととっ捕まっちまった。アホだよな」

「ほんとにアホだおまえは……もう少し考えろ」

はぁ、とため息をついて、誠はもう一度裕貴の顔を見上げる。

六本木から少し離れた場所にある一流ホテルに部屋を取り、ふたりきりのエレベーター内でその顔の真ん中に残る傷を覆う絆創膏にそっと指で触れた。ハーレーもここまで引っ張ってきて、ホテルマンにきちんと預けた。

鼻に絆創膏を貼った裕貴はなんだかガキ大将みたいで可笑しいけれど、「痕、残らねえよな」と誠は呟いた。

「なんだよ。痕が残ったら嫌か？　俺を捨てるか？」

「ふざけんな。鬱陶しいぐらいに舐めて治してやる」

言い返すと、裕貴は顔をくしゃくしゃにして笑い、二十七階のフロアでともに降りた。

静かな廊下を歩き、最奥の部屋の扉を開く。こんなふうにしてホテルに入るのは、これで二度目だ。六本木はいつの間にか夜の帳が落ちていた。きらきらとまぶしいネオンが窓の外に拡がっていて一瞬見入るが、いまはそれどころではない。グレイとブラックのシックな内装でまとめられた室内はリビング続きの向こうにベッドルームがある。キングサイズのベッドが部屋の真ん中に置かれ、品のいい艶やかな黒のベッドカバーがかかり、計算されたようにグレイの枕が配置されている。

いまからここで、裕貴に抱かれるのだ。今日は、身体の奥まで明け渡すのだ。

湘南のホテルでの一件を思い出すと身体が熱くなるけれど、今日はあれよりずっと暴走してしまいそうだ。男たちを殴った瞬間からヒートが始まっていたし、それに重ねて、三か月ごとの発情期も早めに来たのだろう。油断すると、ずぅんと下から突き上げてくるようなひどく重たい衝動に、足元がおぼつかない。

さっきからずっと喉が渇いていて、身体の奥がうずうずしている。男どもを殴り飛ばした余韻がまだ残っている。

「裕貴……」

「発情してんだな」

「……ん」

ベッドを前に、誠は意を決して衣服をみずから脱ぎ捨てる。焦らされるのは慣れていないし、すぐにでもどうにかしてほしい。ジーンズのジッパーに手をかけると、「そこは俺の役目だ」と裕貴の手が覆い被さってきた。

「可愛いぜ誠、待ちきれねえって顔だ。でも、これが俺とおまえの最初のセックスだからな。大切に、噛んで、噛んで、舐めまくって全部愛してやりたい」

「煽んなよ……畜生」

もう、ジーンズの前はギチギチで苦しい。自分で数度扱いたらあっという間に射精しそうだ。はあはあと息を荒らげる誠をベッドに座らせ、裕貴も隣に腰掛ける。肩に手をかけられて、そのまま押し倒してくれるものだとばかり思っていたら、頤に指を添えられて持ち上げられた。

「俺はおまえが欲しい、全部。だから、ちゃんと馴らしていきたい。まずは――キスだ」

「……っ」

力任せに奪われるのだと期待していたら、後頭部を両手で抱え込まれ、くちびるがふわりと重なる。やさしく、誠の熱を確かめるように。

「ん、……っぅ……」

くちびるの表面をついばまれて、知らずと甘ったるい声が喉奥から漏れてしまう。欲望は刻々と膨れ上がってもう破裂してしまいそうなのに、穏やかなキスの深みにはまりそうだ。

顕を下げられると自然と口が開く。ちゅくりと熱い舌がもぐり込んできて、にゅちゅ、くちゅ、と軽い音を立てて先端を吸い上げられた。

「あ、あ、ゆ……、き……っ」

「もっときわどいやり方にしてやろうか。口を窄めてみろ。……そうだ」

裕貴は誠の頭を抱え込んだまま、顔を前後に振る。

「ん、んふ、……む」

閉じたくちびるの中に尖った舌先が突き込んできて、やけに淫らだ。ちゅぽっと引き抜く音が頭の中にまで響いて、誠はたまらずに彼の背中に爪を立てた。気づけば自分も頭を前へ、うしろへと振り、ぬるぬるした舌を裕貴のくちびるの中へとねじ込んでいた。

濡れきった舌の表面が重なり合い、とろりと唾液がくちびるの端から伝い落ちる。その卑猥な感触すら、快感の火種だ。好きな男の体液を舐めている事実がやけにリアルで、どうしようもなく気持ちがいい。

「俺のレッスンは気持ちがいいか？」

冗談めかしてくちびるを噛んでくる裕貴を睨むが、目尻が熱くて迫力に欠けることは自分でもわかっている。

「……っこういうの、おまえ……すげえ経験、積んでんだろ……」

「んなわけねえだろ。俺だってどうしたら誠を気持ちよくさせられるか必死なんだよ。ほら」

キスしながら、裕貴が手を摑んできて左胸にあてがわせてくる。どくどくと脈打つ鼓動が男らしくて力強く、早く素肌を重ね合わせてみたい。こいつにだったら全部を預けてもいい。そう思うほどだ。

「舌、出してみろ」

「……ん……」

くちびるの隙間から突き出した舌を、ちゅく、ちゅく、と裕貴が甘く吸い取りながら、誠の汗が滲む胸に手を這わせてきた。

「触られる前からコリコリだな」

「っせえな……！　あ、……あ、っ！」

ぐりっと乳首の根元を指でねじられる強い刺激に耐えきれず、ベッドに倒れ込んだ。すぐに裕貴が跨がってきて、ちゅうっと乳首を強く吸う。

「ん、あ、やだ、バカ、やめ、っ、吸うの、あ、ああ」

背中がふわっと熱で浮くほどの心地好さに声が止まらない。高い天井に自分のせつない声が跳ね返り、恥ずかしい。

「誠は乳首をきつく吸われるのが好きなんだな。こっちもガチガチだ」

ツキンと赤く尖った乳首をちろちろちろと舐りながら、裕貴はジーンズのジッパーもゆっくりと下ろしていく。

「おま、え、おっさんかよ、年下の……くせに」

言葉で嬲られることに慣れていないはずなのに、敏感に反応してしまっている自分が情けない。その羞恥をすり替えて裕貴を責めると、彼は口の端を綺麗に吊り上げて楽しそうに笑う。

「言葉責めも好きか？　ていうか、俺の声が好きだろ。さっきからこうやって……耳元で囁いてるだけで乳首が硬くなるし、こっちだってパンパンだぜ。いま、出してやっから」

「待てよ、待て、あ……！」

いまこの状態でジーンズを剝がされたら、臍につくほど反り返るペニスがあらわになってしまう。それだけは嫌で必死にもがいたのに、裕貴が器用に下着ごとずり下ろし、なんの前ぶれもなくペニスの先端にぐりっと爪を埋め込んで揺らしてきた。

「〜〜〜〜〜〜ッ……！」

ひと息に昇り詰めた誠は溜めに溜め込んでいた精液をびゅるっと吐き出し、思いきり裕貴の顔を汚してしまった。

「……ベトベトだ」

頬から顎に伝い落ちる白濁に裕貴が目を丸くし、指先ですくい取ってひと舐めし、「濃いな」と笑いかけてきた。その間も性器はびくびくと震えて射精を続けている。吐き出したらいったん醒めるのが常なのに、今日は違う。裕貴の笑み、体温、指先の感触に身体とこころがすべて集中し、神経が怖いほどに冴(さ)え渡っている。

突っ込まれたことが一度もねえのに、もうこんなかよ。己を嘲笑したいが、そんな余裕はまるでない。もっと触られたくて、舐められたくて、無意識に身体を反らしてしまう。

「あ、あ、……ッ、だから、ダメだって、言った、の、に……」

「もっと汚せよ。出せよ。この俺に顔射するのなんかおまえだけだ、誠。……興奮してたまんねえ……クラクラすんだよ」

オメガ男子として初めての本格的な性交を前にして、この身体が放つフェロモンがより濃密になっているのだろう。運命の番はそのフェロモンを誰よりも強く嗅ぎ取るという話を聞いたことがある。番として契約を果たしたオメガ――誠はこれから先、裕貴のためだけに発情していく。奥底でつねに種火を消すことなく、裕貴に最後の一滴まで搾(しぼ)り尽くされるため、そして裕貴という優れたアルファの精液をねっとりと注ぎ込まれるための身体に生まれ変わっていくのだ。もう、そのときをいまから期待している身体は燃え上がりそうで、指の先まで熱く痺れている。

「ん……」

悶えて、よがって、誠は黒いシーツの上で火照った身体をよじらせる。コンビニ勤務で日頃あまり陽に当たらないため肌は白いほうなのだが、いまはこみ上げる欲情のために淫らな朱に染まっている。目にかかるアッシュブロンドの髪を裕貴がやさしく指でえり分けてきて、耳たぶを囓ってきた。

「このホテルにして正解だな。黒いシーツにおまえのエロい身体が映える」

「おまえも……早く脱げ、よ」

「だな。手伝ってくれるか？」

頷いて、震える指でジーンズの前を開いていく。その間に裕貴は切り裂かれたVネックのシャツを脱ぎ捨て、見事な裸体を見せつけてきた。

前が硬く盛り上がりすぎて、ジッパーがなかなか下りない。くそ、となじって無理やり引き下ろしてやろうと思うと、「待て待て、噛んじまう」と慌てた声が降ってきた。

「一緒に下ろすから。な？」

「ん……」

もう、どっちが年下で、年上なのかわからなくなってきた。包容力のある裕貴に甘えてべったりもたれかかりたくなる反面、男としての意地もやはりある。もどかしい思いを奥歯で噛み潰しながら、裕貴とともにジッパーを下ろして下着の縁を引っ張ると、ぶるりと逞しい男根が現れた。

よくもいままで窮屈に収まっていたものだ。

「――は」と色気のある吐息を漏らし、裕貴はジーンズと下着を蹴り脱いで、再び誠に跨がってその隆起した怒張を根元から扱き上げる。笠が張り出していて、赤黒い色も凶悪だ。とろっとしたしずくが先端の割れ目からしたたり落ちて、無意識にくちびるを開いてしまう。

「俺のこれ、好きか？」

「……わかんねえ」

「わかんねえか？　でも触ったことはあるだろ」

「……じゃなくて」

ごくりと息を呑んで、誠は裕貴のペニスを両手で包み込んだ。とたんに、気持ちよさそうにぶるっと身体を震わせる裕貴が少し可愛い。

「……中で味わわねえと、ほんとうにいいか、……わかんねえ、だろ」

「そっか、……そうだよな」

精いっぱいの言葉に、裕貴が笑み崩れた。手で触るのも、口で舐めるのもいいけれど、最後はもっと深いところで裕貴を感じたい。確かにいま、誠は芯から裕貴という男を欲していた。セックスするという軽いノリの言葉より、交わる、交尾する、いっそ、まぐわうという重たい響きを孕んでいる言葉のほうがこの場にふさわしい。

発情しきった身体は裕貴のためだけに乳首を根元からかっちりと勃たせ、達したばかりのペニスも再び首をもたげていた。

裕貴は乳首を弄りながらも誠のペニスを口に含み、ねろりと舌を巻き付けてくる。

「あっ、あぁ……っ」

くねる舌で扱かれると、陰嚢に残っていた精液すら吸い取られてしまい、またたく間に新たな潤みが底から生まれてくるようだった。

まだ少し芯の通っていない肉竿は舐めやすいらしく、裕貴のいいように扱われる。多めの唾液でそこを濡らされたかと思ったら、腰のうしろにすっと手が入り、一気にぐるりと身体をひっくり返された。

「――な、っ」

「おまえのここ、舐めさせてくれ」

ベッドに四つん這いになった格好の誠の腰を摑み、裕貴が尻たぶをぐっと両側に押し開く。そうすると窄まりが直に空気に晒され、息が止まりそうだ。赤ん坊として世話をされているみたいで、泣きたいぐらいに恥ずかしい。

「やだ、やめろ、こんなの――……ッ、違う、やり方あんだろ……！」

「初めてのセックスなんだ。おまえを傷つけるわけにはいかない。……ほら、さっきバスルームのアメニティグッズからローションも持ってきた。セックス用じゃないけど、ちゃんと潤んだほうがいいしな」

「やだって……！　あ、あ、舐めん、な……バカ……！」

必死に怒鳴ったのだが、ぎっちりと腰骨を摑まれてしまい、逃げられない。両手が尻に食い込んで尻をぐぐっと左右に開き、その奥のアナルが熱く引き攣れているのが自分でもわかる。

そこに、裕貴は舌を這わせてきた。ぬるりと。

熱く、ずるく、抉るように舐めてくる。尖らせた舌先で狭い孔を探り、周囲の縁を蕩かすように柔らかく嚙ってきたので、びくんと背を攣らせた誠はシーツをかきむしり、声にならない喘ぎを上げた。もう、枕を嚙み締めるしかない。

「ッ、く、……んん、ん、ん、――ン……！」

舌が、ぐるりと孔の周囲をなぞってくる。誠の緊張を解すように、やさしく。

「息、深く吸えるか。……怖がらなくていい。俺は絶対におまえの嫌がることはしないから」

「……ん、……」

無我夢中で、息を吸い、吐く。吸って、吐く。吸って、吸って、吐く、吐く、吐く。たまにリズムがわからなくなるけれど、その隙を狙ってぬちゅりとより深く舌がアナルにもぐり込んでくると、身悶えるほどの衝撃が襲ってきた。

指先までぶるぶる震えるほどのこれは、なんなのか。未知の感覚への恐ろしさなのか。それとも純粋な快楽なのか。わからない、わからないけれど、少し怖いからこそもっと知りたい。それの正体をこの目で、身体で見極めたい。宮島裕貴という男がこの身体になにを刻むのかを。

「……はぁ……っ」

深く息を吐き出したことで無駄な力が抜け、ずるりと孔の中へと裕貴の舌を誘い込んだ。ぬくぬくと蠢く舌で濡らされた場所に、今度はやや硬めの物が当たる。指だ。たっぷりとした液体をまとっているから、アメニティグッズのローションを手のひらにまぶしたのだろう。

「誠……」

愛おしむような声とともに指が、ぬくん、と挿ってきた。最初は第一関節まで。軽く孔をほじくり返すような指遣いに顔中がかあっと熱くなる。そうやって拡げていかないと、裕貴自身を受け入れることはできないのだ。もっと無茶な感じで犯されてもおかしくないのに——オメガはつねにそうした恐怖と隣り合わせで生きている。この二十一年間、誠がなんとか貞操の危機を守れてきたのは誰よりも喧嘩に強かったこともあったが、動物的な直感でヤバい奴が近づいてきたら全力で振りきってきたからだろう。だけど、いま、裕貴というたったひとりの男に捕食されることを許している。いつかもしも、この身体を明け渡す相手とめぐり会えるなら、多勢に無勢というつらさを味わうのではなく、誰かひとりに骨まで愛されたい。ずっと、ずっと、そう願って生きてきた。

その瞬間が、いまだ。

「あ……っん……」

指が第二関節まで挿ってきて、中の肉襞をぐるりとなぞる。その生々しい感触に、声が蕩けていく。自分の中からこんな甘ったるい声が出るなんて初めてで、顔から火が出そうだ。

「……情けねえ、……俺、こんな……ぐずぐずになって……」

「そうなってほしいから俺、一生懸命やってんじゃん。いいんだよそれで。誠のいいところ教えてくれよ」

「んなの、わかんねえ……おまえが、ちゃんと」

「ちゃんと？」

消え入りそうな声を、裕貴は丁寧に拾う。そのことが嬉しくて、いたたまれない。

「……ちゃんと調べろよ……っ、あ、あ……！」

「任せとけ」

俄然スイッチが入ったらしい裕貴が指をいやらしく挿し込んできては、中を、とくに上側のあたりをしつこく擦り出した。

「う……ん……んっ、あ、なんだ……そこ、むずむず、する……っ！」

「ここ、前立腺らしいな。男はここを愛撫されると射精するぐらい気持ちいいんだ。指でこれだけ熱くなってるんだから、……俺のを挿れたらおまえ、おかしくなっちまうかもな」

指をじゅくじゅくと出し挿れする裕貴はときどき中をくぱぁと拡げ、そこがだいぶ柔らかくなったことを確認すると、二本、三本の指をまとめて挿入してくる。

「あ、っ、あ、っ、あぁっ、……っ」

もうその中が熱くて熱くてたまらない。指が挿ってくるタイミングに合わせて誠も尻を振ってしまい、男を受け入れる準備をする。四つん這いで頭を深く垂れると、閉じきれないくちびるの端からつうっと唾液が落ちていく。犬みたいだなと思うと笑いたくなるが、お互いにこんな格好でも欲し合うのだ。いちばん原始的な体位で、互いの深いところへ。

「……なあ、もっと、……」

ふと、口を衝いて出た言葉に自分自身で照れてしまう。初めての交わりなのに、もっと欲してしまうとは。だけど、それを裕貴も待っていたようだ。焦れったそうに指を抜いてふっくらと盛り上がる孔の縁をぐるりと撫で回し、「だよな」と言って膝を立てる。肩越しに振り向くと、己のそこにローションを垂らして塗り込める裕貴が見えた。

天を向くほどにそそり勃つ男根は色濃く、竿も長く根元の陰嚢も硬く、大きく引き締まっている。こんな怖いものをほんとうに受け入れられるのかどうか。直前になって焦りが募るが、疼く孔にぴたりと肉塊があてがわれて、「……あっ」と待ちわびてしまうような声を絞り出した。シーツをぎゅっと握り締めると、背骨の真ん中に軽くキスが落とされる。その温かな感触に無駄な強張りが解けていったとき、ズクンと裕貴が突き込んできた。

「――あ、ア……っ、う、ぅ、バカ、おま、……っ、デカすぎ……だ……！　抜け……！」

「無茶言うな。ここまでトロトロになってる奴が言うことか。……ヤベえな、吸い込まれる」

「抜けって、いま、すぐ、……ん、っ、んは――ぁ……っあぁっ、あう、う、ん、ん」

文句を言っている最中から声がどんどん変容してきて、つらいほどの圧迫感に声が止められない。

「裕貴、裕貴……ぃっ」

どうかすると涙腺が壊れて泣きじゃくりそうだ。体内を圧する熱の塊は雄々しく、誠の具合を見計らいつつも、少しずつ、少しずつ、食い込んでくる。

「とりあえず……一回、根元まで挿れっからな」

「……く……っ！」

太く隆起した雄がみちみちとはまり込んできて、奥へ、奥へと進んでくる。そのまま頭の中まで犯されそうだ。ずんっと最奥を一度強く突かれると、そこから不思議なぐらいじゅわじゅわと熱が生まれ出してきて、全身を覆い尽くす。

「あ、っ、ゆ、っき、これ――」

「いいところ、当たったか？」

誠は涙交じりの目を瞠る。信じられないような強い楔（くさび）で穿（うが）たれて苦しいはずなのに、身体中が火照り、早く動いてほしいとすら願ってしまう。いまはまだ繋がったばかりの誠を気遣って裕貴は小刻みに揺らしているだけだが、激しく出し挿れされたら、きっと死ぬほど気持ちいいはずだ。

「――は……っ」

頭がクラクラする。耐えても耐えても快感が全身から滲み出してしまうヒートの中に放り込まれ、誠は生まれて初めての交尾に歯噛みした。

こんなにすごいなんて聞いてねえ。自分ひとりで我慢してたのが嘘みたいだ。もっと早くしてもらえばよかった――と考えて、そうだろうか、とも思う。裕貴は最初こそ強引に踏み込んできたが、その後は我慢強く待ってくれた。たまに互いに焦れきって手を出してしまうこともあったけれど、いまこのときのために必死に抑え込んできたのだ。

「……もう、我慢しなくていいよな」

「ん、んんっ、あ、あ、あ、はげし……っ」

言うなり、裕貴が大きく腰を遣い出す。唾液とローションで潤んだ結合部はじゅぽじゅぽと淫猥な音を響かせ、ふたりの繋がりを刻一刻と強くしていく。上向きの裕貴の男根に抉られるとふっくら腫れた前立腺が押され、擦られて、たまらない。

「いい、……裕貴、すげえ、……いい……っ」

「やっぱ、俺たち運命の番だな……あっという間に射精しそうだ」

「しろよ、して、——いいから、……中、で、出せ」

甘く疼く秘所を突きまくる男に身悶えると、裕貴の物が中でぐっと膨らむ。射精の気配を感じて、誠はぴんと背を攣らせ、「イく、——も、イく」と声を嗄らした。するりとペニスに指が絡みつき、根元からぞろりと撫で上げてきた。

「外で？　中でか？」

「わかんな……っあ、あ、……あぁ……ッ！」

びぃん、と全身がしなるほどの絶頂感に見舞われ、誠はがくがくと頭を振る。握られたままのペニスからは精液があとからあとから噴きこぼれるし、雄芯が刺さった中は痛いぐらいに甘がゆくじんじん痺れ、はっ、はっ、と犬のように息を吐くことしかできない。

なんだこれ、なんなんだ。前とうしろ、両方を責められて、どちらでも同時に達してしまった。勃ちきった性器を扱かれる心地好さがそのままじわんとアナルへ繋がり、中の温度を高め、蕩けた肉襞が裕貴に絡みついていく。裕貴もひと息吐いて、どくんと強く奥をめがけて射精してきた。肉洞の隅々を濡らすようにどろりと熱いしずくがほとばしり、裕貴が抜き挿しするたびに、ぬちゅ、にゅちゅ、と卑猥な繋がりの音が聞こえてきた。腹の奥がずしりと重たくなるほどの量を吐き出されて、誠はあえかな息を漏らしながらベッドに沈み込む。

いい、なんてひと言で片付けられるものではない。すごく、すごく、いい。おかしくなってしまう。狂ってしまう。最初からこんなに激しい性交を味わってしまったらもうあとには戻れない。

「……誠、誠？　大丈夫か」

「……すごすぎて腰が抜けた」

「マジか」

ふふっと笑って、裕貴がずるりと抜いていく。太い楔で埋められていた場所が急な空虚感にせつなげに収縮するのを感じて、あ、と声を上げると、裕貴が肩を掴んでくる。

「今度は正面からだ」

「え、あ、……もう、……次、なのか？」

「当たり前だろ。今日のためにずっと我慢してきたんだぜ。一発でおまえを孕ませてやりてえ。誠のためにたっぷり溜めてたんだ」

「……バカか」

でも、気持ちは一緒だ。自分でなんとか処理をしていた頃とは違い、裕貴と触れ合うようになってからは互いに与え合う熱を待ち望んできた。自分でできることには限界がある。どう触れば気持ちいいか、いつ達するかすべてをコントロールできるけれど、予想外の快感に振り回されるのがこんなにいいとは。

力の入らない誠を抱きかかえ、裕貴はあぐらをかいた膝の上に乗せる。それから達したばかりのまだ雄々しい肉芯で一気に挿し貫いてきた。

「あ――あぁ……ッ……！」

また軽くイってしまい、誠は向かい合わせで抱き合う格好の裕貴の肩に噛みついた。そうすると自然と尻を擦り付けてより深く抉ってもらえて、めちゃくちゃいい。

「さっきよりも、深い……」

「この体位、いいな。おまえの感じる顔も見られるし、乳首も触り放題だ」

さっきよりも、ひと突きひと突きがゆっくりだ。そのぶん火照って潤んだ内部を執拗に抉られて、まるで裕貴の形にくり抜かれてしまいそうだ。ぎりぎりまで腰を引き上げられて、大きく張り出した亀頭をぬっぷりと咥え込まされ、そのまま浅いところで抜き挿しを繰り返される。そうするときつく締まっていた孔もしだいに柔らかさを増し、裕貴に積極的に絡みついていく。

「おまえも腰振ってみろよ。バイク乗りだろ」

「……っくそ、……乗り壊してやる」

ぎらりと裕貴を睨み、誠は彼に跨がったままぎこちなく腰を振り出す。

「あ、ア、ッ、んぁ、っいい、いいっ、……っあ……っ」

「可愛いな誠……おまえ、感じすぎると声我慢できねえのな。めちゃくちゃ興奮する」

耳たぶを囓られながら低く囁かれて、ぞくんと背筋を震わせる。もっといいところ、もっと感じるところを探してみずから腰を振るのはなんだか背徳的だ。裕貴の身体をいいように扱っている感じがして申し訳ない反面、極上のアルファを食い尽くしていく優越感もかすかにある。これからハーレーに跨がるときは、絶対に今日のことを思い出してしまう。裕貴という最高の男に跨がって、生まれて初めて自分から快感を望んだことを。

「ゆう、きは、……いい、のか」

「ったりめえだろ。こんなにデカくしたことねえよ。ほら、もっと深く来いよ」

「……ッ！」

腰骨を強く摑まれたかと思ったらぐぐっと下から肉棒で貫かれて、鮮やかな目眩に襲われる。

「あ……！」

乳首をねちねちと指で揉み込まれながら正常位で組み敷かれ、優位に立った裕貴にズクズクと激しく突かれていく。もう、止まらない。互いに、好き勝手に乗りこなそうとして、でも無理で、しだいに寄り添うように呼吸を合わせていくのがたまらなくいい。運命の番。その言葉がいまなら自然と受け止めることができる。誠も裕貴も胸の中にうつろなものを抱えて生きてきた。誠はオメガという劣等感や周囲からの差別と闘い、裕貴は優れた種に生まれながらも深い孤独と向き合ってきた。この渇いた感覚を埋めるのは誰でもいいわけではない。こころを丁寧に探り合える距離じゃなかったら無理だし、表層的な快感ばかり求めていたらいつか早々に壊れる。だから、いままで誠は誰にも身体を許さずに来た。一時の激情に駆られて赤の他人と肌を重ね、瞬発的な快感でやり過ごそうとは一度も考えたことがなかった。

『一度』は、たった一度きり。

最初で最後の男を求めてきたのだ。それが、目の前で笑う裕貴だ。

「誠、……誠、愛してる」

達する寸前の切羽詰まった裕貴の声が胸に滲みる。

裕貴のようになにもかも恵まれた男でも、たったひとりの相手を探してきたのだ。

「裕貴……っ、あ、っ、も、……」

縁から溢れ出しそうな快感に歯軋りし、裕貴の腰に両足を絡みつけて引き絞る。そうすると中がきゅうっと熱く締まり、裕貴を昂ぶらせるようだ。

「一緒にイきたいか?」

「ん、ん、イき、たい、あっ、あぁっ、やだ、もぉ……っ」

「——誠」

熟れきった果実の中をズクリと挿し貫いてきた裕貴が激しく揺さぶってきて、誠はぴんと爪先を尖らせて絶頂に呑み込まれていく。

「あ──あ、っ、あ……───っ……！」

「誠、誠……」

再びどくどくと注がれる感触に顔中が熱い。自分はもう出ないのに頭のてっぺんから足の爪先まで走り抜ける熱く渇いた快感は本物で、なかなか息がつけない。

こぽっ、と音がする。誠の中をたっぷりと満たした裕貴のそれが動いた瞬間に溢れ出したようで、尻の狭間がじっとりと濡れていく。そこがぬるぬるするというのも男と交わった証拠だと思うと、声が喉の奥でつかえた。

初めての絶頂と中出しに戸惑い、恥ずかしがっている誠をわかっているらしく、裕貴はやさしく髪を撫でてきて、「すげえ悦かった」と微笑む。

「……もっと早く食っちまえばよかったとも思ったけど、たぶん、いままで我慢してきたからこんなにいいんだよな」

「……ん、俺も同じこと……考えてた」

照れ笑いし、繋がったままお互いに頬擦りをして甘いキスを繰り返す。達したら醒めていく一方の自慰行為とはまったく違い、硬い裕貴が中にまだいると感じるだけで吐息が甘くなる。

「……裕貴……」

顧を持ち上げると、裕貴がくちびるをそっと吸い取ってきて、不敵に笑いかけてきた。

「俺はまだ足りねえ。ぜんぜんおまえが足りねえ。誠はもう腹いっぱいか？」

「──んなわけねえだろ。足りねえよ。もっと、おまえを食わせろ」

裕貴のこういうところが大好きだといまさらながらに思う。焚き付けてくる裏側で、男としての誠も立ててくれる。

「……おまえがあちこちでリーダーになるの、わかった気がする」

「なんだそれ。俺はもう誠がいれば十分なんだよ。いい加減わかれ」

鼻先を擦り合わせて、くすぐったさにふたりで笑い合う。それからくちびるの先を見つめて互いに擦り寄せていく。触れ合った太腿の表面が熱い。

この快感には、まだ深みがあるようだ。


「お母さん、具合はどうですか？」

「ありがとう、最近だいぶいいのよ。しばらくゆっくり入院したせいかな。誠と裕貴くんがしょっちゅうお見舞いに来てくれたし」

遊びにやってきた裕貴が差し出したひまわりの花束を受け取り、母の有希子は嬉しそうに頷く。今日はほんとうに体調がいいようで、久しぶりに布団を片付けてちゃぶ台と座布団を出し、可愛らしい黄色のワンピースを着て自宅のアパートで誠とともに裕貴を出迎えた。

有希子はあれから二週間ほど病院で過ごした。『治療費は俺に出させてくれ』と言い出した裕貴に驚き、何度も断ったのだが、『おまえの大事なひとは俺にとっても大事なんだ』と引き下がらず、結局最後にはありがたく好意を受け取ることにした。もちろん、ただ払ってもらうだけでは気がすまないので、ちゃんと働いて返すから、と約束を交わした。

ちいさなアパートの一室で、裕貴、有希子、誠の三人が膝をつき合わせる。裕貴と誠の仲が深い段階へと進んだことを、きっと母は悟ったのだろう。前よりもっと親しみを込めた笑顔で裕貴を受け入れ、みずから狭い台所に立って花瓶にひまわりを移し、冷えた麦茶をグラスに注いで出してくれた。

有希子と裕貴はにこにこしていたが、誠はひとり照れていた。好きな男と大切な母に挟まれて、なんだか面はゆい。オメガに生まれてよかったんだなといまなら思える。意味が、ちゃんとあったのだ。裕貴というとびきり優れたアルファとめぐり会う意味が。

高校最後の夏休みのど真ん中、めずらしくオフホワイトのボタンダウンシャツにベージュのチノパンといった真面目な服装の裕貴はかしこまった顔で座布団をずらし、床にしっかりと手をついて深々と頭を下げた。

「お母さん、お願いがあります。僕、まだガキですけど――いつか息子さんを僕にください」

「裕貴……」

突然の土下座に誠は唖然とし、危うく麦茶のグラスを取り落とすところだった。室内は一瞬静まり返り、ベランダに置かれたクーラーの室外機の音だけが聞こえてくる。

「……裕貴くん」

有希子もびっくりしていたが、ゆるゆると微笑み、こくりと頷く。

「ふたりが仲よく独立するまでに、私、しっかり元気にならなきゃね」

「母さん、でも俺は」

有希子をひとりにすることはできないと一瞬思いとどまったことを素早く察した裕貴が、華やかな笑顔を向ける。

「僕、大学に受かったらいまの家を出て、部屋を探します。そこで、僕と誠とお母さん、一緒に暮らしましょう。なんだったら、隣同士の部屋でも」

「でも裕貴くん、宮島百貨店はどうするの？　あなた、跡継ぎでしょう？」

「僕は僕の道を探します。誠と一緒に」

きっぱりとした声で言う裕貴の横顔を見つめているうちに、じわりと目縁が熱くなる。

自分だってたいして大人ではないのに、裕貴のほうがずっと先を見ている。誠のことを――誠たちと自分のことをちゃんと胸に置いてくれている。

「……いつか、俺もおまえのご両親に挨拶がしたい。裕貴を大切にするって言いてえ」

「そうだな。……うん、そうだな」

生まれも育ちも異なるふたりがある日あるとき出会い、一瞬のうちにして離れられなくなった。目と目が合った瞬間から運命の恋の鎖に繋がれて、ここまでやってきた。目には見えない鎖だけれど、互いの手首に絡まっている気がする。それをじゃらりと先に引き寄せるのはどちらなのか。

意を決して誠が顔を上げると、隣でも同じ気配がする。それから有希子が空になったグラスに気づき、「お代わり、入れてくるね」と笑顔で立つ。

「お願いします」

「ありがとう」

言い合って、やさしい背中がつかの間離れた瞬間互いに勢いよく胸ぐらを摑み上げた。まるでタイミングを見計らっていたかのように。

力余ってふたりしてがつんと鼻とくちびるを強くぶつけてしまい、甘いキスにはほど遠い。それがたまらなく可笑しくて、狂おしいほどにしあわせで、言葉にならない。

だから、声を上げて笑った。肩をぶつけて、笑った。

有希子が笑顔でお盆を持って戻ってくる。ちゃぶ台に飾られた花瓶のひまわりがきらきらと窓から入る光を弾いてまばゆい。

礼を言い、裕貴が冷えたグラスに口をつけて微笑んだ。

「僕は、おふたりを守っていきます。これから先なにがあっても、ずっと」

力強い言葉に誠は胸を揺さぶられ、笑おうとして、なにか言おうとして、最後はやっぱり涙が滲んだ。

守りたい相手を愛したい——その気持ちは、一緒だ。

ここからまた、時間は続いていく。ふたりを永遠に繋いでいく、大切な時間が、ゆっくりと、とろりと、夏の濃い陽射しのように。

こんにちは、または初めまして秀香穂里(しゅうかおり)です。

ちょっと前からヤンキーにはまっておりまして……オメガバースももちろん夢中なので、そのふたつを掛け合わせました。美味しいとこどりです。誠はオメガなのに未経験で、初めての相手は絶対に見極めてから、という硬派です。なのに金髪でピアスじゃらじゃら。伝説のオメガとか肩書きついちゃう……（笑）。

辰巳第一パーキングエリアはたまに行く場所なので、愛車自慢大会は結構楽しく拝見しています。ポルシェオーナーで固まっていたり、たまにランボルギーニやフェラーリが来るとみんなでガン見したり。二輪車はほんとうに少なくなったので、ハーレーがやってくるとみんな釘付けです。でも、本来そういう自慢大会をする場所ではないので、よく閉鎖されています（笑）。

このふたり、また書けたらいいなあと思っています……。スパダリなんだけどどこか茶目っ気のあるアルファの裕貴はもちろんのこと、まっすぐな誠は書いていて楽しくて楽しくて。ふたりでチームを作るかどうかと話

あとがき

し合い、「一緒に走ろうぜ」「群れるのはいやだ」なんて喧嘩になるという展開になるといいなとか。いろいろまだまだ書きたい部分があるふたりです。

この話を書いている最中は寒い時期だったので、毎日コンビニのイートインでカフェラテを飲んでいました。最近、イートインが増えましたよね。お昼時は結構混んでいるのですが、夕方を狙っていくとガラガラでゆっくりラテを飲みつつぼうっとしています。さすがに仕事ができる状況ではないのですが、今年はノートPCを久しぶりに買って、外にも出たいです。というか、旅行を多めにしたい年です。気分転換になるし、いろんな景色が見たい！　それをまた、原稿に反映させたいです。ずっと着道楽でしたが、今年は旅道楽（？）にしたいな〜と。国内はもちろんなのですが、台湾に行きたいです。

そんなこんなで、お礼を申し上げます。

ふわりとしていてしなやかさを感じさせるイラストを手がけてくださった、のあ子様。獰猛に見せつつ繊細なこころを持つ誠と、気品があるのにどこか子どもっぽさが残る裕貴を素晴らしく表現してくださって嬉しいかぎりです……！　口絵の、絆創膏を貼った裕貴が最高です。色気のあるふたりを描いてくださり、ほんとうにありがとうございました。お忙しい中、ご尽力くださったことにこころよりお礼を申し上げます。

担当様。「ヤンキーでオメガバ！」という無茶なお願いを聞いてくださりありがとうございました！　楽しかったですほんとに……。いつもご迷惑をおかけしてしまって恐縮しておりますが、次回もまたぜひよろしくお願い申し上げます。

そしてこの本を手に取ってくださった方へ。ちょっと大げさかなという表現もあると思うのですが、ハマっていただけたら大変嬉しいです。このふたりが子どもを持つとしたらどんな家族になるんでしょうね。ふふ。もしよかったら、ぜひご感想を編集部宛にお寄せくださいませね。遅くなるかもしれませんが、お返事をお送りします。

次の本でもオメガバを書きたい……！　と念を送りつつ、今回はこのへんで失礼いたします。

また、元気にお会いできますように！

秀　香穂里

CROSS NOVELSをお買い上げいただき
ありがとうございます。
この本を読んだご意見・ご感想をお寄せください。
〒110-8625
東京都台東区東上野2-8-7　笠倉出版社
CROSS NOVELS 編集部
「秀 香穂里先生」係／「のあ子先生」係

CROSS NOVELS

運命の歌（ラブソング）
～純愛なるΩへ～

著者

秀 香穂里

2018年4月23日　初版発行　検印廃止

発行者　笠倉伸夫
発行所　株式会社 笠倉出版社
〒110-8625　東京都台東区東上野2-8-7　笠倉ビル
[営業]TEL　0120-984-164
FAX　03-4355-1109
[編集]TEL　03-4355-1103
FAX　03-5846-3493
http://www.kasakura.co.jp/
振替口座　00130-9-75686
印刷　株式会社 光邦
装丁　斉藤麻実子〈Asanomi Graphic〉
ISBN 978-4-7730-8882-3
Printed in Japan